謙之字
Illustrations Fly
救了遇到痴漢的
S級美少女才發現是
鄰座的青梅竹馬
5

① 拍攝與夏季日常

關於在校慶上映的自製電影，儘管拍攝進度不快，但仍有逐步完成。

現在是八月上旬，感覺蟬鳴聲比起之前是更加吵雜刺耳了。

如今已來到夏季甲子園開打，以及各地爭相舉辦煙火大會的時期。

我目前正在跟鳥越確認完成拍攝的電影片段。

至於演員們因為受不了教室內的高溫，所以都跑去圖書室避暑了。

身旁的鳥越拿著隨身小電扇在替自己吹涼。

說起這部電影的劇本，就是出自平常總是相當文靜的鳥越之手。

基於上述原因，每當涉及電影內容的問題時，我大多都會找鳥越商量。

「鳥越，伏見有稍微修改這邊的臺詞，妳覺得如何？」

「我是覺得無所謂。高森同學你呢？」

「我也認為沒啥問題。雖說表達的意思若相差太多將會影響劇情發展，這樣我就會要求她重拍一次，但目前看來應該沒那麼嚴重。」

「嗯，說得沒錯。」

鳥越總會毫不諱言地提供自己的意見，比我想像中更加可靠。

就像前去海邊攝影時，她曾當面與伏見意見相左。

鳥越原本只是我從春天起一同在物理教室吃午餐的飯友，因此算是她令人意外的一面。

「小諒～小靜～小若有買冰棒請我們吃喔。她說冰棒就放在教職員室裡，每人限拿一根。」

我的青梅竹馬兼電影女主角的伏見走進教室裡。

就是這丫頭提議在校慶期間上映這部自製電影。

儘管伏見不久前曾因為音樂劇試鏡會落選而請假沒來拍攝，不過她現在應該已經重新振作了。

「真的假的？小若真慷慨呢。」

小若就是我們的班導師——若田部老師。

「那就稍微休息一下，我們先去吃冰棒吧。」

我贊成了鳥越的提案，與伏見一行三人從教室走向教職員室。

「記得小姬藍今天無法來參加拍攝吧？」

鳥越對我們兩人隨口問了一句。

姬藍就是姬嶋藍，我的另一位青梅竹馬。

「啊～嗯，聽說得參加排練。」

「小藍真好～真叫人羨慕～」

「噗～噗～」伏見嘟起嘴巴在鬧脾氣。

其實姬藍也有參加伏見落選的那場試鏡會，儘管兩人都成功擠進最終甄選，但結果是姬藍雀屏中選。

由於姬藍原本當過偶像歌手，因此確實擁有姿色和明星的架勢，而且歌喉也很好，卻唯獨演技還有待加強。

而她之所以會獲選，事實上是製作方基於商業考量……以上內容是我私下聽人說的。

依照我的觀察，單就演技很明顯是伏見比較優秀。

因為姬藍變得不時無法來參加攝影，導致拍攝行程不得不調整，而我也有向班上其他同學告知此事。

「如此一來，小姬藍根本沒空參加這邊的拍攝吧？」

我搖搖頭對著一臉擔憂的鳥越說：

「她說會趁著排練的空檔來參加拍攝，不會落下這邊的工作，要我們別擔心。」

「這樣啊。姬奈，很遺憾妳沒能獲選。」

「就是說啊，真的太可惜了！不過我私下依然認為自己才是那場甄選的第一名喔。」

伏見像是相當不滿地從鼻子用力呼出一口氣。

關於落選一事，她向很多人說過了。

我相信她對此事已經釋懷了。

「姬奈，有可能就是妳那過度的自信才陰溝裡翻船。」

「拜託妳別在傷口上灑鹽嘛，小靜。」

鳥越輕輕一笑後，原本板起臉來的伏見也跟著放鬆表情。

我們與領了冰棒的其他同學擦身而過，一腳踏進開了冷氣的教職員室。

因為已有幾名同學擠在位於旁邊的茶水室裡，於是我們走進去後，便打開冰箱挑選自己想吃的冰棒。

小若買了各種不同顏色的冰棒就放在裡頭。

口味同樣是五花八門。

「小諒你要挑草莓口味吧？」

「此話怎說？」

「因為往年去夏日祭典時，你都是買草莓口味的刨冰來吃。」

「是嗎？」

我的確是喜歡草莓口味，但也同樣愛吃檸檬、哈密瓜以及藍色夏威夷口味。

「請不要開啟青梅竹馬力場來排擠我好嗎？」

鳥越對伏見表達不滿。

「我並沒有這個意思。小靜妳喜歡哪種口味？」

「檸檬。」

「檸檬很好吃對吧，我也和妳一樣。」

同屬檸檬口味派的兩人熱情地相互握手。

「我曾聽說刨冰的糖漿只是顏色不同，成分幾乎都一樣喔？」

記得這說法是來自於某綜藝節目。

「這怎麼可能嘛，明明吃起來就有檸檬味呀。」

「至少曾有這麼一說啦。」

「……高森同學，即使你眉飛色舞地賣弄小知識，也只會讓聽你爆料的我們不開心而已。」

「……抱歉。」

那個，我就只是想分享在電視上看到的內容……

其實我和伏見挺常被鳥越像這樣以犀利的言語吐槽。

等前面的同學們挑完後，我從中拿起葡萄口味的冰棒。

© Fly

儘管還有草莓口味的冰棒，可是被人說「你果然喜歡吃草莓口味」，心裡又會覺得不是滋味，令我打消選它的念頭。

「我還是決定吃檸檬口味！」

伏見彷彿拔起傳說之劍般，以誇張的動作取出冰棒。

「我要哈密瓜口味。」

迅速取走冰棒的鳥越毫不多想地將包裝紙扔進垃圾桶，然後一口咬向冰棒。

「妳居然不是挑檸檬口味——!?」

「又沒關係，妳別干涉他人的選擇啦。」

「因為喜歡就始終如一的話，這並不是什麼好現象，那樣只會導致妳的視野變狹隘喔，姬奈。」

「唔唔唔……對檸檬情有獨鍾的我反倒被嫌棄了……」

我相信鳥越並沒有這個意思啦。

伴隨一陣咀嚼聲，兩人開心地享用著冰棒。

我也把拆開的包裝紙扔進垃圾桶。

當牙齒接觸到冰棒的瞬間，隨即傳來一股沁涼感。

咬下後，葡萄味在嘴裡擴散開來。

冰棒真好吃。

「還剩下三幕場景沒拍，讓我們一起努力完成吧。」

「好～～」伏見聽我說完後，連同冰棒將手往上伸去。

完成今日的拍攝，我與伏見搭車回到離家最近的車站後，一道熟悉的背影映入眼簾。

「喂～姬藍～」

姬藍隨著我的呼喚聲轉過身來。

她此時的便服打扮成熟得就像是哪來的大學生。

姬藍小時候經常和我、伏見以及妹妹茉菜玩在一起，直到就讀小學一段時間後才搬家轉學。

離去的她曾是一名偶像歌手，但因身體不適而暫時退出演藝界，並在相當微妙的時期轉來我們就讀的高中。

「啊，是諒和姬奈呀，你們正準備回家嗎？」

「我們結束拍攝剛回到這裡沒多久。」

說起伏見目前是躲在我的背後，露出怨恨的眼神瞪著姬藍。

「怎麼啦？姬奈，妳有什麼話就儘管說。」

神色得意的姬藍張開一隻手伸向伏見。

「我很不甘心……明明小藍妳的演技是那麼菜。」

這兩人又來了。

「不好意思啊，畢竟我在各方面都與只學過些許演技的某人完全不同。」

「唔唔唔唔。」

伏見懊惱到彷彿想以嘴巴咬住手帕用力拉扯。

「妳別一有機會就刺激伏見啦。」

姬藍起初是刻意不提落選的事情，但伏見似乎並不喜歡別人這樣顧慮自己。

因此她會故意以搞笑的方式（相信有一半是心底話啦），對姬藍、鳥越還有我說自己很不甘心，或是她才應該獲選等等。

「我說小藍啊，等自製電影上映之後，妳就會嘗到苦頭囉。」

「這是為什麼？」

「誰叫我的演技太出色，妳的菜鳥演技將會因為與我演對手戲而被突顯出來喔？而且是產生強烈的對比呢～」

「妳也別馬上就反過來刺激對方。」

這種鬥嘴對兩人而言是家常便飯。

在形同打招呼的鬥嘴結束之後，我們一起走出車站。

我們聊了很多事情，諸如今天的拍攝情況、確認姬藍的行程、姬藍在排練時遇見熟人等等。

「我的暑假曾幾何時已是行程爆滿。」

「需要我來代替妳嗎？」

「這就心領了。」

雖說姬藍和伏見都是露出笑容在交談，卻又顯得莫名恐怖……

說起行程，我也排了幾次打工。

姬藍之前介紹我去經紀公司打工，我的工作是幫該公司的社長處理雜務。

對了，身為社長的松田先生有拜託我不著邊際地向伏見推薦一下他的經紀公司。

儘管松田先生並非拍攝方面的專家，不過他說願意針對我拍攝的影片提供建議，因此我近日會將剪輯好的作品拿給他看。

「小藍，明天的攝影就請妳多多指教囉。」

「嗯，我才該請妳多多指教。」

「先拜拜啦。」

因為回家方向不同，我們簡短地與姬藍道別。

「小諒，你打工會很忙嗎？」

「還算忙吧。」

「我都不知道你有在打工呢，真是嚇死我了。」

只不過是稍微打打工，這對放暑假的高中生而言並不罕見吧。
「你可以提前跟我說一下嘛……」
伏見鬧彆扭地低頭看著自己的腳尖。
「聽說是小藍幫忙介紹的吧？」
「嗯，對方剛好需要人手幫忙。」
「那你每次打完工後，就會和小藍出去玩嗎？」
「才沒有咧。就算我是在姬藍的經紀公司打工，也不會每次都見到她啊。」
「是嗎～～」伏見瞇起雙眼看著我。
這個小妮子是在懷疑什麼啊。
也就只有借完器材那天，回程時有一起繞去咖啡廳而已。
「啊，難道伏見妳也想打工嗎……？」
確實是有這個可能性。
「我沒有想打工～」
伏見不悅地鼓起雙頰。
「小、小藍她嚴格說來還不算是藝人喔!?」
「這種事我也知道啊。」
「即使她當過偶像歌手，但她也說自己已經引退了。」

「就跟妳說我知道啊。」

「比起小藍，反倒是我的演技更好喔！」

「這點我也知道。」

「唔唔唔～」伏見像是相當困擾地皺起眉頭，隨後似乎想起什麼地看著我。

「你、你有和小靜出去玩嗎？」

「鳥越嗎？完全沒有。」

「這……這樣啊，原來如此。」

伏見安心地呼了一口氣。

她是想向我確認什麼啊？

「……其實我完全沒寫暑假作業。」

「嗯，我想也是。」

伏見似乎早就料到我沒有寫暑假作業。

至於她有些不悅的壞心情，在抵達她家時就已經煙消雲散了。

「那就明天見囉。」

「嗯，拜啦。」

我與伏見揮手道別後，徒步大約兩分鐘左右便返回家中。

「葛格，到家就應該先打招呼說『我回來了』才對。」當我為了避免明天忘記帶攝影器材而把東西放在玄關旁時，聽見關門聲的妹妹茉菜走了過來。

「嗨。」

「哪有人回家時是這麼打招呼嘛，葛格也真是的。」

茉菜傻眼地望著我。話說她的居家短褲根本就是熱褲。

由於天氣炎熱，因此她將大腿完全露出來，上衣也只有一件吊帶背心，在家就只穿著布料面積僅足以覆蓋內衣褲的衣物而已。

沒換衣服的我準備去客廳休息時，茉菜聊起她曾經喜歡過的藝人在最近離世了。

「這讓我受到很大的打擊……葛格，快來安慰我。」

「別難過喔。」

「也太簡潔了吧!?」

茉菜吐槽完似乎覺得很好笑，隨即笑得花枝亂顫。

「葛格也太不會安慰人了吧。笑死我了。」

「雖然我並沒有安慰人的意思，不過妳能打起精神真是太好了。」

「話說回來~我忽然有個感想，就是人活在世上皆有可能突然過世。」

若是遭遇意外身亡的話，確實就會出現這種情況。

「所以呀，我覺得若是有話想對人說，就該趁早傳達。」

有話想說就該趁早傳達……嗎……

畢竟有可能會發生再也無法傳達給對方知道的狀況。

我腦中率先浮現出伏見的臉龐。

無論是關於拍攝的事情、學校的事情、朋友的事情……以及許下的承諾……想傳達的內容是多不勝數。

「沒人能保證明天的生活也會和今天一樣喔，葛格！」

茉菜自認為這是名言似地擺出一副瀟灑的樣子。

「嗚哇～真是發人省思呢～」

「葛格你根本是口是心非！完全是在敷衍我嘛！」

茉菜裝出生氣的模樣，輕輕打了我一下就走向廚房。

我走進客廳後，一屁股坐在沙發上。

剛剛因為伏見也在場的關係，讓我不便對姬藍提起某件事。

『為了小姬藍著想，人家希望你能成為她的男朋友。』

松田先生於日前拜託我這件事。

畢竟松田先生是我的雇主，而且非常照顧我——無奈這並非我能二話不說就答應的請求。

姬藍知道這件事嗎？

還是她已聽松田先生提過，並且同意這麼做嗎？

我本打算當面與姬藍商量此事，問題是她近來很忙，遲遲沒找到適當的時機。

要是姬藍直接來拜託我的話，退一百步來說也並非無法理解。不過按照她的個性，絕不可能出現這種情況。

根據松田先生的說法，經歷過戀愛將有助於激發或提升演技。

問題是真的這麼做就過於刻意，與戀愛二字幾乎扯不上邊。

但也可能單純是我想太多了。

假如當真接受松田先生的請求，儘管一開始沒有戀愛情感，不過隨著關係的發展而漸漸喜歡上對方，也不失為是個好結果。

或許以這種關係發展成「戀愛」也沒什麼不妥。

但最終的大前提還是得喜歡上對方。

雖然松田先生說這是為了姬藍著想，卻也可能是他在為自己的事業做打算吧。

②鳥越的內情

鳥越把零食放入我手中的購物籃裡。

「接下來是飲料。」

「記得是小罐的就好吧。」

「嗯。」

現在是剛結束拍攝的中午過後。

我們前往距離學校最近的超市，採買下次攝影會用到的零食和飲料。

等買完之後，就把這些帶到學校去。關於飲料，我們已跟老師談妥能暫時存放在教職員室的冰箱裡。

一來到冷藏食品區，能看見有許多正在特價的茶飲、礦泉水以及碳酸飲料。

多虧冷藏架的冷氣令這附近特別涼爽，身處在這種炎炎夏日就會讓人想一直待在這裡。

「隨便買就好嗎？」

鳥越隨手拿起一罐寶特瓶飲料開口提問，我隨即點頭回應。

等到拍攝結束之後，十之八九會拿來喝吧。

關於整體進度，我們已拍好三分之二的內容，算是漸入佳境。

飾演過場配角的同學們也都已習慣入鏡，不像一開始那樣緊張了。

「啊——！高森同學，快跟我來——」

「咦？」

「快啦。」

「啊？怎麼回事？」

鳥越拽住我的袖子想把我拉走。

我一頭霧水地愣在原地，只見一名戴眼鏡的中年婦女大搖大擺地走了過來。

這位婦女先是瞪了我一眼，接著將目光移向躲在我背後的鳥越。

「靜香，妳跑來這裡做什麼？」

「那還用問……就是買東西啊。」

位於鏡片後的那雙眼睛，看起來莫名與鳥越頗為相似。

依照婦女同樣提著一個超市購物籃的情形來判斷，應該是鳥越的母親剛好也來這裡購物吧。

「記得別四處亂跑，吃晚飯前要回家喔。」

「我知道啦。」

從方才的對話內容來看，我能肯定自己的預測並沒有錯。

但又不禁認為我們只是在白天來超市購買零食跟飲料，應該無需如此大驚小怪才對。

另外不知為什麼，鳥越伯母望向我的眼神，就像是看見蚊蠅那類害蟲般很不友善……

「我、我們走吧，高森同學。」

「咦、啊、嗯。」

由於鳥越拽住我的袖子將我拉走，因此我只好跟在鳥越的背後離去，同時對應該是鳥越母親的婦女稍稍點頭致意。

「剛才的女性是令堂嗎？」

「嗯，因為她平常不會來這附近的超市，害我不小心大意了。」

鳥越表示雖然這裡並非離家最近的超市，不過她母親有時也會來這裡購買特價商品。

「鳥越妳家管得很嚴嗎？」

我不清楚鳥越是如何與家人解釋攝影一事，大概伯母覺得我們是從學校偷跑來這裡買東西吃吧。

倘若真是這樣，畢竟我們都已是高中生了，私自買零食來吃也無傷大雅吧。

「真要說來算是管得比較嚴……像是對門禁時間就滿囉嗦的。」

相形之下，我家算是放牛吃草。

最多就只會叮嚀說別太晚回家，而且只要有聯絡一聲，無論我跑去哪做什麼，老媽都不會罵人。

有可能是因為老媽經常工作不在家吧。

假如我忘了打電話回家，比起老媽反倒是茉菜更會嘮叨。

等到鳥越伯母從冷藏區離開後，我們就回到該處又拿了一罐寶特瓶飲料放入籃子裡。

「……在我統整好電影劇本的那天，不是很晚跑到你家去嗎？」

「啊～嗯，是那次吧。」

「其實那件事被我媽媽發現了。」

「真的假的？所以妳大半夜才回家也……？」

「嗯，也被發現了。」

原來伯母已經知道這件事了。

這下子就可以理解，伯母剛剛為何會露出宛如撞見害蟲的眼神看向我。

「事後我有跟媽媽解釋清楚，我只是去和同學討論校慶時要上映的自製電影，但媽媽還是大發雷霆罵說為何不提前告知她一聲。問題是即使我提前告訴媽媽，她也不會同意讓我在那個時間出門去。」

「難道說……令堂以為妳交了素行不良的男朋友，於是開始學壞……是嗎？」

「即使媽媽沒說出來，但我想她就是這麼認為。」

瞞著家人在晚上外出，直到凌晨一、兩點左右才偷溜回家——

儘管我不清楚鳥越在家人眼中是個怎樣的孩子，不過按照她的個性是至今從來沒有這麼做過吧。

「抱歉害妳被家人誤以為是學壞了，鳥越。」

「不會的，別那麼說，是媽媽在某些方面有點神經質罷了。」

我拿出寫有預算二字的信封付完錢，將零食與飲料裝進塑膠袋內後便走出超市。

我們頂著讓人無處可逃的豔陽，肩並肩地往學校走去。

「我是不是該找個機會登門道歉？」

「沒關係的，不必做到這種地步。」

「比如去對令堂說……府上的靜香同學其實是個認真負責的好學生。」

「這不太對吧，畢竟你又不是老師。」

鳥越含蓄地輕笑出聲。

「先撇開這些玩笑話不提，令堂恐怕是懷疑妳做了什麼偏離學生本分的行為吧？

鳥越。」

放暑假前在晚上偷溜出門，似乎是為了與其他男生見面，還弄到深夜才偷偷回家——

說句公道話，伯母會誤以為鳥越做出不該有的行為也是無可厚非。

「我看我還是陪妳一塊去道歉，並解釋清楚我們之間是清白的。」

「……我們之間算不上是完全清白吧。」

鳥越露出有些委屈的眼神抬頭望向我。

「咦？妳這麼說是沒錯啦。那個～總之我現在想表達的是……」

鳥越輕輕發出有如呼氣般的笑聲。

「我是鬧你的，抱歉。」

「我說妳啊……」

「我明白你想表達的意思，就是要解釋說我們並沒有偷偷做愛對吧？」

「聽女孩子說得這麼直白，會讓人尷尬到無地自容耶……」

就算是男生也很少會將『做愛』二字掛在嘴邊。

「總之，令堂是擔心個性負責又認真的妳，被我這個壞男生找出去做羞羞的事，就這麼直到凌晨才回家喔。」

「她想誤會就誤會，誰叫媽媽過度擔心我了。不光是我的興趣，她似乎還很擔心

我交不到朋友……算是有點保護過頭了。」

「難、難不成妳媽發現妳喜歡ＢＬ……？興趣……？」

「這倒是完全沒有。」

鳥越一口否認。

「是屬於比較表面的部分。媽媽擔心我成天老是在看書。對她來說，這並不是孩子常見的興趣。」

過去總愛窩在家裡看書令自己操足了心的女兒（外加上沒什麼朋友），在升上高二的暑假前夕竟然跑去跟人夜遊——如此一來，我完全能理解伯母為何會那麼擔心了。

「這樣的話還是講清楚比較好吧？要不然等妳回家以後，令堂都不會給妳好臉色看吧？」

基於有前科的緣故，伯母見了我肯定會更為緊張，之後免不了又會繼續嘮叨。

「此事與高森同學你有關嗎？」

「當然有，都怪我沒注意到已經超過末班電車的時間了。」

「這部分也算是我自己的過失呀。」

我有自己想拍的電影，於是拜託鳥越擔任女主角。

雖然她還沒點頭答應，但若是今後門禁時間變嚴格的話，難保會對兩邊的拍攝進度造成影響。

而且比起這件事……

「看到認真負責又努力的妳被家人誤解，我實在無法坐視不管。」

鳥越斂下眼簾。

「謝……謝謝你的關心……順帶一提，媽媽對我們去海邊拍攝那次也頗有微詞，因為那天有點晚才回家。」

記得那天大家在車站解散時，差不多是晚上八點吧。

「妳好歹跟令堂說一聲嘛……畢竟是跑到那麼遠的海邊。」

「我擔心說了會被要求東要求西，最終反而去不了。我不想變成那樣。」

鳥越沒能趕上末班電車是我的疏忽。雖說當初是伏見跟鳥越提議要去遙遠的海邊攝影，不過做出決定的人終究是我。

因此我還是覺得自己必須為此負責。當然疏於聯絡的是鳥越自己啦……

我得出結論後，對鳥越提出一個要求。

「鳥越，希望妳能答應我一件事。」

「什麼事？」

「就算從下次才這麼做也行，總之妳不要嫌麻煩，記得先向家人好好解釋。」

或許是我認真的表情很奇怪，鳥越忍不住笑了出來。

「畢竟高森同學你平常都吊兒郎當的，所以你說出這種話還挺缺乏說服力。」

「那還真是抱歉啊。」

「嗯……我答應你。謝謝你這麼擔心我，今後我會注意的。」

即便我沒有任何帶壞鳥越的意思，問題是她的家人並不清楚我的為人，為此感到擔憂也是情有可原。

反正今後都不會再因為拍攝或出遊弄到太晚，所以應該不要緊才對。

「畢竟大家已經約好要一起去參觀夏日祭典呀。」

啊，對吼。

若是鳥越又沒有說明清楚，她的門禁時間將會變得跟小學生沒兩樣吧。

我們一回到學校直接前往教職員室借用冰箱，將買來的飲料放進去，至於零食則存放在鐵櫃裡，隨後便離開學校朝著車站走去。

「撇開校慶上映的電影不提，關於我個人的自製電影，唯有鳥越妳最符合女主角的形象。」

我以不同於先前的口吻，再次向鳥越提出請求。

「嗯～該怎麼辦才好呢～？」

鳥越之前是一口回絕我。

「拜託妳答應好嗎？」

「嗯～～」鳥越見我鞠躬請求後，狀似相當煩惱地發出沉吟。

「其實還有一個方法就是先將劇情統整好，這麼一來或許會改變女主角的形象，也就不需要找我來飾演了吧。」

「言之有理。」

應該說是非常正確。畢竟連我也對劇情只有模糊的概念，甚至是劇本都尚未寫好。

「那、那個……若是你不嫌棄的話，下次要來我家開會嗎？」

走在身旁的鳥越側首瞄了我一眼。

可是她一和我四目相交就馬上把頭撇開。

「咦？意思是……？」

「希、希望你能來我家。」

◆鳥越靜香◆

我與高森同學在車站道別。

「我、我居然說出口了……」

大概是夏天的朝氣令我變得較為開放。

當然也可能是暑氣害我大腦的螺絲有點鬆脫吧。

搭上電車的高森同學隔著窗戶輕輕朝我揮手。他居然有注意到我。我也稍稍給予回應。光是這點動作，就令我心頭小鹿亂撞。

重新回想自己方才脫口而出的問題與高森同學的回應，直到此刻我才覺得雙腿有些發軟。

以商討個人電影為由邀請對方來家中，這種做法簡直跟利用寵物把異性拐回家的色胚毫無分別。

……若說自己沒有一丁點私心，那肯定是騙人的……

明明我自認為不會變成這麼庸俗的人。

「嗚～～……我為何會說出那種話嘛。」

莫名有些自我厭惡。

我坐在車站的一張長椅上抱頭煩惱。

說起高森同學——

『啊，每次都來我家開會想想也不太好吧……？既然這樣，那我就去打擾一下囉。』

他以略顯脫線的方式誤解我的意思並接受了邀請。

確實我對每次都去打擾高森家一事仍有些掛懷，所以他原則上也沒說錯。

於是我沒有糾正高森同學的說法，含糊帶過後便與他約定時間。

老實說我對高森同學如此爽快地答應感到頗意外的，本以為他會再次確認要不要改去他家。

我操作手機，點選通訊錄裡的『篠篠』。

篠篠就是我的好朋友篠原美南。

接著我按下畫面中的通話鍵。

『喂喂~？小靜嗎？妳忽然打來是怎麼了？』

「小小、小美！」

『咦，妳怎麼了？發生了什麼事嗎？總之妳先冷靜下來。』

小美聽出我的聲音不太對勁，像是在哄小狗似地要我冷靜。

「其、其實剛才——」

我把自己與高森同學交談的內容完完整整地告訴小美。

『……沒、沒想到小靜終於要轉大人了……』

「沒、沒那回事，並沒有那回事，根本沒有那回事啦。」

我將同一句話重複三次矢口否認。

『是嗎？我認為天底下所有人都是別有居心才會邀對方來家裡喔。』

「唔～～……………………是沒錯啦……」

「呀～～！呀～～！」耳邊傳來小美興奮的尖叫聲。

話說我在車站裡跟人聊些什麼呀。

總覺得臉頰好燙。

『現現現現現現、現、現、現在該怎麼辦？』

這次輪到小美慌了手腳。

「我、我就是想找妳商量呀。畢竟小美妳算是有跟高森同學交往過，妳可曾讓他去妳家嗎？」

『有、有啊。那個～……而且確實像是一對情侶。』

確實像是一對情侶──？什麼意思？是做過情侶之間會做的事情嗎？

「你們做了什麼？」

『內容就請自行想像。』

……嗯，照此看來，他們並沒有做過任何值得一提的事情。

話筒裡先是傳來小美清嗓子的聲音，接著她繼續把話說下去。

『我讓高諒到我房間來，我們兩人就在房間裡獨處──地點一如字面所述就是我的臥室裡……如此一來，自然也只能化成動物囉。』

「只、只能化成動物!?至、至於其他選項……」

『完全沒有。』

小美斷然否定。

『不管怎麼說，我認為妳必須做好一定程度的覺悟。更何況高諒很那個……該怎麼說呢？他的戀愛觀簡直不如小學生。』

沒錯，對此我是完全同意。

『小靜，如今妳就只剩進攻一途能走，現在的妳是「香車」。』

「香車？」

『這是將棋裡的一顆棋子，它在一般情況下就只能往前移動。』

「……意思是我必須勇往直前囉。」

『嗯，不許偏離原路或撤退。』

不許偏離原路或撤退……

我在腦中複誦著這句話。

對於告白曾被拒絕的我而言，這或許是非常貼切的一句建言。

「我該怎麼做才好呢？」。

『小靜，相信妳上網搜尋就會找到大多數人最推薦的答案，也許妳拿這個來當作參考會比較好。』

摯友三兩下就宣布投降。

雖然小美有邀請高森同學走進自己的房間，但應該就只是這樣而已。也可能是就連讓對方進入臥室都沒有。

「說得也是，我會搜尋看看。」

『至於男女關係的步驟那些都不重要！妳務必要將這句話銘記在心！』

嗯～感覺頗沒說服力的。

『我自認為跟伏見同學也算是好朋友，但要是妳們之中只有一人能得到幸福的話，我個人是支持小靜妳喔。』

「謝謝妳，小美，我、我會加油的。」

『嗯，那妳在家約會要加油喔，拜拜。』

向摯友徵求意見一事至此宣告結束。

在家約會……對、對耶，想想確實是這樣。

「在家約會……」

像這樣親口說出來，比起出自他人口中更叫人心猿意馬。

我繼續坐在長椅上，聽取建議從網路上尋找答案。

【男生　第一次　進自己的房間】

統整相關經驗的網站隨即顯示出來，其中一篇如同教戰守則的文章吸引了我的注意。

記得先把房間收拾好，讓家中保持整潔——這不是理所當然嗎？文章以此為開頭，同時寫下如何穿搭和製造浪漫氣氛。

「製造浪漫氣氛……完、完全不覺得自己能辦到。」

比起這個，先看看穿搭吧。

內容寫著不必挑選最華麗的衣服，只需適合在家穿的體面服裝就好。

「這也太抽象了吧？」

裡面又補上一句，若是想主動進攻就選擇可愛點的居家服。

下面還有附上商品與購買的網址。

那是一套以兔子為造型，布料屬於毛茸茸感的帽T搭配熱褲。帽兜上還有一對兔耳朵。

「嗚哇，這、這也太做作了吧……」

我試著想像自己穿上的模樣後，不禁感到一陣頭昏。

「感覺姬奈就滿適合的。」

光是在腦中想像姬奈穿上此服裝的樣子，就覺得肯定會非常可愛。

啊、我不行了，總覺得自己快無法堅持下去。

當我再度抱頭煩惱之際，忽然收到一條訊息。是高森同學傳來的。

『明天不必拍攝，我基本上都有空，妳那邊方便嗎？』

「明天!?」

我忍不住發出驚呼。

儘管提議人是我，但我完全沒做好心理準備。

啊、如果謊稱明天不方便的話，下一次又得等到何時呢？

難保高森同學在這段期間會改變主意。

而且我自己也有可能會把今天的事情當作沒發生過。

「我是香車……我是香車……不許偏離原路或撤退……」

我在喃喃自語的同時，也趁著心中覺悟動搖之前趕緊回覆訊息。

『我都可以，那就直接約上午吧，你可以順便來我家吃午飯。』

這、這也太主動了吧！這就是香車，是香車無誤。

高森同學很快就傳來訊息。

在我決定當個香車並感到心跳加速時，手機隨即發出收到訊息的提示音。

『明白了，那我出門時會再通知妳。』

高森同學明天會來我家——

我確認一下自己的錢包。

「總、總之先去買套衣服吧……」

③ 離家出走

今天是拍攝休息日。

頂著豔陽高照的天氣，我來到了鳥越家。

由於之前是大半夜過來，讓人無法看清楚全貌，鳥越她家是一棟略有年代感的平房，感覺他們一家人在這裡住了很長一段時間。

除了伏見和姬藍以外，我很少像這樣來女生家打擾。

鳥越說很歡迎我來她家吃午飯，先撇開青梅竹馬不提，這還是我第一次到別人家用餐。

我帶的伴手禮是水羊羹，不知是否適合。

像這樣來造訪頗為熟識的同學家時，原則上是不需要帶伴手禮，可是我給鳥越伯母留下了不良的印象，所以才想說帶個禮物過來會比較妥當。

我帶的水羊羹就裝在紙袋裡。

想當初準備時，還認為水羊羹是個很好的伴手禮，不過現在再看一眼，忽然覺得它不太牢靠。

「總覺得莫名緊張……」

我做好覺悟按下門鈴，大門對側隨即傳來一陣腳步聲。

大門打開後，一名小女生探出頭來。

「那、那個，這個～」

該用敬語嗎？用敬語適合嗎？畢竟她的年紀很小，應該不必吧？話說鳥越呢？

我原以為會是本人來應門，所以現在完全不知該說什麼才好。

「鳥越……靜香同學……在嗎？」

「小靜香在那裡。」

小女孩指著屋內。

「啊！小桃妳做什麼呀！唉唷！妳怎麼擅自跑去開門!?」

在聽見鳥越的聲音後，我這才鬆了一口氣。

隨即又傳來一陣腳步聲，這次終於是本人過來了。

「歡、歡迎呀，高森同學。」

大概是有些驚慌的緣故，鳥越用手整理一下稍微亂掉的瀏海。

「我似乎有點來得不是時候。」

我對著抱住鳥越大腿的小女孩露出苦笑。

話說鳥越穿的衣服……應該不是居家服吧……？

順帶一提，我家那位寶貝妹妹在家都是穿著一條上頭有個莓果圖案，秀出大腿到幾乎能看見髖關節的熱褲。

反觀鳥越是粉色系的波浪裙配上深藍色的無袖襯衫。

「抱歉嚇到你了，都怪我妹妹擅自跑來開門。」

「沒關係，不要緊的。」

我搖頭以對後，鳥越妹妹抬起頭看著鳥越。

「小靜香，妳要去哪嗎？」

「我沒要出門呀。」

「可是，妳穿著出去的衣服。」

「…………並沒有喔我平常都穿這樣。」

鳥越瞬間壓低嗓音，而且說得很急促。

「這個人是誰？」

「那個～是姊姊的朋友。啊，妳有跟客人打招呼嗎？」

「嗯。」

這個小蘿蔔頭居然毫不在意地撒謊了？

對了，記得鳥越說過她家是四個兄弟姊妹。

當我還在搜索記憶時，鳥越立刻為我解惑。

這個小女孩是家中老么，今年四歲，名叫胡桃。

至於這位小桃，則是用她水汪汪的大眼睛一直盯著我。

我不知該如何回應，於是朝小桃擠出一個笑容，但她立刻轉過身去，沿著走廊快步跑開了。

「啊，快請進。雖說屋子有點老舊。」

「嗯。」

我穿上訪客用的拖鞋，在鳥越的帶領下走上階梯。

「鳥越，妳今天是晚點還要去其他地方嗎？」

「咦？怎麼說？」

「妳身上那套是外出服吧。」

「……才不是呢，是居‧家‧服。」

為何要這樣強調？

「中午以前家中只有小桃……只有胡桃和待在一樓的爺爺兩人，所以你不必太拘謹。」

「這樣啊。」

對我來說，伯母不在比較能鬆一口氣。

儘管鳥越說沒關係，不過我還是認為得向她的家人們打聲招呼才合乎禮數。

「那個，因為我家很老舊，你可能會覺得有點熱。」

「完全沒那回事，跟我家差不多。」

「那就好。」

隨著鳥越登上階梯時，我不由得多看她那白皙的雙腿好幾眼。

正如出口先前所說，鳥越的雙腿當真很細，外加上她是室內派，不常晒太陽的肌膚是潔淨無瑕。

假如繼續往上看，目光恰好是對準她腰部以下的位置，於是我低頭看著自己的雙腳往上走。

「令堂對於我的來訪有何反應？」

此行的主要目標並非來玩，原則上算是想跟鳥越伯母談談。

「媽媽很高興我有朋友來家裡玩。」

「喔～」

不過依照伯母之前的反應，她會對我的來訪感到開心嗎？

難不成……鳥越並沒有講明是誰會來……？

鳥越的臥室位於二樓最深處，我跟著她走進房間裡。

在這間六張榻榻米大的簡樸和式房間裡只有一張床、一個大型書櫃以及一套書桌椅，當真很符合鳥越的「作風」。

雖說是和式房間，卻與鳥越的形象十分吻合。

由於房間內有開冷氣，因此遠比走廊涼快許多。

看來她是在我抵達以前就先啟動冷氣了。

「請、請不要觀察得太仔細。」

「放心，我不會翻找妳藏起來的黃色書刊。」

「我才沒有暗藏黃色書刊呢。」

因為剛剛一直找不到適當的時機，所以我現在才把裝有水羊羹的紙袋遞出去。

「那個，呃，這就是所謂的那個。」

「咦，是哪個？這是禮物嗎……？」

「嗯，這、這是我的……一點心意。」

「你、你太客氣了啦。」

看鳥越的反應似乎是開心，但等她發現是水羊羹之後會不會失望啊？

水羊羹算是會令收禮者高興的東西吧……？哇～我搞砸了！我應該挑個大家普遍會喜歡的禮物才對！

才剛開始就突顯出自己有多麼經驗不足。

因為自己鮮少去別人家打擾，於是備了一份伴手禮，結果證明我太高估自己了。

直到此刻，我終於對自己挑選了「水羊羹」這個伴手禮感到羞恥……
鳥越恰好正在確認紙袋裡的內容物，我按捺不住地先招認了。
「裡、裡頭裝的是水羊羹。」
「嗯～真老派的選擇。」
……鳥越的感想非常簡短。
面對她那一如往常的反應，我不禁鬆了一口氣。
「你先找個地方坐著，我去泡茶——啊，還是你想喝咖啡？」
離開房間的鳥越從門口探出頭來詢問。
「我喝茶就好。另外，麻煩妳把那東西交給令堂。」
「咦，為何要交給我媽媽？」
鳥越的眼神忽然冷若冰霜。
「我剛剛說啦，那是我的一點心意。」
「喔，是嗎？」
鳥越像是感到很掃興地回了一句便走開了。
希望鳥越伯母會喜歡水羊羹。
話說鳥越叫我自己找地方坐，直接坐床上總覺得很尷尬，而椅子又有種本人專用的感覺。

即便伏見與姬藍來我房間時會直接坐在床上，偏偏我是第一次來這裡，實在不方便這麼做，於是我決定坐在榻榻米上。

「……」

總覺得心情靜不下來。

儘管已有很長一段時間沒去伏見或姬藍的家中，不清楚現在是變成怎樣，可是我去她們的臥室時不曾這麼坐立難安。

拉門忽然微微敞開，能看見小桃正從門縫間偷窺我。

……在她眼中，我似乎是某種十分罕見的生物。

我對她招招手，她也立刻揮手回應。

真可愛。

「你是……小靜香的朋友。」

「唔、嗯，我是妳姊姊的朋友。」

說起應付小朋友，茉菜就真的是非常拿手。

每當親戚來家裡時，都是茉菜負責陪年紀還小的表妹們玩，我對這方面則是一竅不通，完全不知該如何與小孩子相處。

就連眼下也只會複誦對方說過的話。

「啊，小桃，麻煩妳幫我開個門。」

「好。」

拉門推開後，烏越以托盤端著裝有麥茶的玻璃杯與餅乾走進來。

「久等了。話說你大可坐在椅子或床上呀。」

「坐榻榻米上讓我比較自在。」

「你還真奇怪耶。」

小桃繼續把目光鎖定在我身上。

「我關門囉。」被烏越這麼一說，小桃迅速朝樓梯跑去。

拜託我幫忙拿一下托盤的烏越，從壁櫥裡取出一個小型折疊式矮桌。

我把托盤放在桌上，隨即喝了一口麥茶。

「……要是你不嫌棄的話，也嘗嘗看這些餅乾。」

在烏越的推薦下，我拿起一片咬了一口。

隨即有股奶油的香氣在嘴裡化開，並於舌尖留下酥脆的口感以及適中的甜味。

「啊，好吃耶。」

「幸好你喜歡。」

烏越露出靦腆的笑容，怯生生地抬起一隻手。

「其實這是我自己做的。」

「原來妳會做點心呀。」

「對、對、對呀，那個，就是這樣，嗯。其實餅乾的做法也沒多複雜啦……」

鳥越揮著雙手如此自謙。

比起製作難度，是鳥越並沒有給人一種會下廚的感覺，我才會感到有些意外。

「「……」」

鳥越目不轉睛地看著正在享用餅乾的我。

……這情況讓令人難以下嚥。

「啊，對了——」

鳥越像是想起什麼般，起身將壁櫥打開。

她似乎想拿放在高處的東西，將雙手往上伸去。

看著鳥越那纖細的肩膀與纖纖玉手，想想她的雙腿確實潔淨無瑕，不過從無袖襯衫延伸出來的雙手也同樣白皙。

就在這時，我不經意地窺見她的腋下。

不知為何總覺得那裡同樣屬於非禮勿視的部位，於是我連忙將目光移開。

回到我面前坐下的鳥越，手裡拿著一本小說。

「這就是我之前提到的那本小說，也曾經被翻拍成電影。」

「啊～就是那本懸疑小說吧。」

「我這裡還有他的其他作品——其實這位作家有推出懸疑類型和青春類型的小

說──」

鳥越再度起身，這次是站在書櫃前翻找小說。

我忽然挺好奇書櫃裡都放了什麼書，於是走至鳥越身邊。

架上幾乎全是文學類型的作品，而且書名大多都是我沒看過的。

想想應該沒人會把ＢＬ書籍放在如此醒目的位置吧。

此時，我們不小心碰到彼此的肩膀。

「啊，抱歉……」

「不會的，是我不好。」

我們就這麼十分貼近地望著彼此。

因為之前並未仔細觀察才沒注意到，此刻能看出鳥越有上一點淡妝。

鳥越眨了眨眼睛，細長的眼睫毛隨之上下擺動。

「高、高森同學……？」

「啊，抱歉，我不小心靠得太近了。」

在我準備後退一步之際，鳥越突然抓住我的手臂。

「那個……！」

「嗯……？」

我等著鳥越把話說下去，她卻遲遲沒有開口。

愣在原地的鳥越露出十分真摯的表情，而且臉頰隨著時間經過漸漸泛紅。

「餅乾還有很多喔，你可以儘管吃。」

「謝謝，那我就不客氣了。」

「嗯。」

等鳥越鬆手後，我便坐回矮桌旁。

與此同時，耳邊隱隱傳來一股輕微的嘆息聲。

「小說是在閱讀文章時，由讀者自行想像描述的情境吧？所以改編成電影時，我是覺得需要以其他東西來當作參考。」

矮桌上擺滿了各種小說。

鳥越開心地不停介紹各個作品，無奈數量真的太多，導致我聽完之後馬上就忘了前一本的解說。

「鳥越，我先打個岔。」

「嗯？」

「妳先介紹一本就好，等我看完以後再跟妳借。」

「啊，也對。抱歉喔，是我一口氣講太多了……」

鳥越回神後，將沮喪的心情明顯表現在臉上。

「等等，我沒有其他意思，妳別放在心上。單純是我閱讀的速度不快，想細細品嘗每一本書的內容。」

「那麼，我首先推薦這本。」

鳥越把一開始介紹的那本小說交給我。

這本硬皮書非常厚，我有辦法堅持到看完一整本嗎？我的心中只有無盡的不安。書名的最後還寫著「上集」二字。看來這部作品並非一本就完結了。

「雖然內容有點長，不過這部真的很精采喔！」

鳥越一臉興奮地解釋著。

這只算是『有點』嗎……？

我扭頭望向書櫃，發現中集和下集也差不多厚。

既然她都這麼推薦了，表示內容真的很有意思吧。

於是我做好覺悟，決定把這三本很厚的小說全部看完。

「伏見曾跟我說過，她是因為學習演技才開始看小說喔。」

「你說姬奈嗎？」

我點頭肯定。

「鳥越妳為何會喜歡看小說呢？是有什麼契機嗎？」

我單純出於好奇隨口一問之後，鳥越先是暫時陷入沉思，接著用手環抱住雙腿。

「我自小學起就跟現在一樣是個陰沉的人，所以曾被同學霸凌……」

鳥越的語調一反先前，變得相當沉重。

因為鳥越改變坐姿的關係，令我快要看見她的裙底風光，所以我連忙調整坐姿的方向，把背靠在床架上。

「這讓我在休息時間不知該做什麼才好，當時為了寫讀書心得所看的兒童讀物剛好很吸引我，於是我開始去圖書室借書，之後就變得喜歡看書。」

想想我的情況與鳥越是半斤八兩。

至於讓她暫時淡忘旁人的方法，恰巧就是看書罷了。

「倘若妳、我和伏見是當時就認識的話，妳的興趣有可能就不是看書了。」

「或許喔。」

我試著在腦中想像，感覺率先向鳥越搭話的人會是伏見。

並且就這樣讓鳥越成為我們的青梅竹馬之一。

「明明我們是來討論拍攝電影的事宜，現在也離題太多了吧。」

鳥越不禁露出苦笑。

「就是說啊，我還以為妳會繼續介紹哪本小說呢。」

我故意以取笑的口吻說完後，鳥越也配合地裝出一副氣呼呼的樣子。

「既然你都覺得離題了就早說嘛。」

「畢竟看妳聊得很開心，我實在插不了嘴。」

「………嗯，是啊，我真的很開心。」

鳥越以近乎自言自語的音量輕聲呢喃，並把臉埋在雙腿上。

安靜的房間裡只剩下冷氣的運轉聲。

為了改變現場氣氛，我拿出寫有個人自製電影大綱的古典文學筆記本。

「這是我構思的微電影，片長比校慶上映的那部還要短。」

鳥越像是想起某事地抬起頭來。

「對了，你這部自製電影是打算投稿到哪裡呢？」

「咦？投稿？」

「對呀，比方說全國高中微電影大賽。」

投稿……？所以是參加比賽吧。

老實說我沒考慮過這些，因此我整個人當場愣住。

「既然你想拍攝微電影，我覺得針對這類比賽來製作會更能激起鬥志。」

「鳥越……妳每次提供的意見都很有道理耶。」

「我並沒有說出什麼不得了的事情啦。」

我基於好奇便用手機搜尋一下，沒想到還真的有這類比賽。

諸如由通訊社主辦的大型比賽、冠上某電影導演大名的比賽或限定高中生報名的比賽，像這類掛上比賽、競賽或大賽的活動是種類繁多。

「這個如何？報名截止日期是在八月底。」

同樣在幫忙搜尋的鳥越將手機畫面展示給我看。

『SHIN－OH電影之學生電影大賽』

這是由神央電影公司這個大型電影院所主辦的比賽之一。

點進去後，發現有多種比賽項目，而我預計拍攝的類型剛好適合應徵『微電影項目』。

「作品長度在二十分鐘以內，需實景拍攝，不限主題——感覺這個不錯吧？」

「但我不覺得自己有辦法獲獎耶。」

「你不必先給自己設限啦，而且落選很正常呀。」

「妳別說得這麼一針見血。」

完全就如同鳥越說的。

「總而言之，先把故事統整好吧。如果做不到這點就無法報名囉。」

「嗯，說得也是。」

在討論比賽相關問題以前，得先搞定這部分才行。

一如之前那樣，我向鳥越徵求意見，而她針對不清楚的部分對我提問。

雖說步調緩慢，但我想拍攝的內容仍一步步逐漸成形。

「那我去準備午餐，你等我一下。」

討論告一段落時，鳥越告訴我廁所的位置後，就起身走出房間了。

儘管起初從未考慮過要報名比賽，不知何時卻已成了我的目標。

一想到這裡就令我坐立難安。

伏見在報名參加試鏡會時，是否跟我有著相同的心情呢？

我想說稍微借個廁所，於是從房間走出去。因為廁所位於一樓，我便沿著樓梯往下走，就在這時剛好聽見交談聲。

「妳回來了就說一聲嘛。」

是鳥越的說話聲。

「妳明明說是朋友來家裡玩，實際上卻不是吧？」

接著傳來鳥越伯母的聲音。

聽起來沒有一絲歡迎女兒朋友來訪的氛圍，而且語氣有點衝。

鳥越果然把我說成是「朋友」模糊帶過。

「那又怎樣？這都跟媽媽無關吧？」

「為什麼妳要撒謊呢？」

看來原因出在我身上，再這樣下去會給鳥越添麻煩。

於是我決定跟伯母打聲招呼，並解釋鳥越之前沒有遵守門禁時間的大致經過。

在我做好覺悟準備露臉出聲之際，拿著手機的小桃抬頭望著我。

那支手機是誰的？是伯母的嗎？不管怎樣，希望她別用手機的鏡頭對準我。

我再次深呼吸，然後朝著聲音的方向走去，並且輕輕把門推開。

這裡是餐廳，鳥越與伯母正隔著餐桌怒目相視。

「——很抱歉這麼晚才跟伯母您打招呼。」

兩人同時扭頭看過來，我先向伯母點頭打招呼。就在這時，我發現自己帶來的水羊羹就放在桌上。

「不、不好意思前來打擾了，我叫做高森諒。那、那個，這點東西不成敬意，希、希望伯母……會喜歡……」

結結巴巴把話說完的我，拿起桌上的紙袋遞向伯母。

「高森同學，沒關係的，你不必在意。總之這裡不要緊，你先去樓上吧。」

鳥越見我突然出現，有些焦急地幫忙圓場。

話雖如此，現場氣氛並不是這麼回事。

「帶壞靜香的人就是你嗎？」

「關於晚歸那次，真的是非常對不起。」

「沒、沒那回事，高森同學不必道歉，那次都怪我不好。」

鳥越一直拉著我想離開餐廳。

不過，我覺得還是得將此事解釋清楚。

我為了明確表達出這個意思，輕輕摸向鳥越抓住我袖子的雙手，並讓她鬆手放開。

「我家靜香是個認真的好孩子，你這麼晚帶她出去……要是出了什麼事該怎麼辦？」

「伯母說得對……關於這件事……我的確是責無旁貸。」

就在這時，我突然產生自覺。

道歉的話語流利地脫口而出。

想想自己也經常給茉菜添麻煩。謝謝妳，茉菜。

「——靜香妳也是，居然騙媽媽說是朋友來玩。」

我的水羊羹被徹底忽略了。

「我原則上並沒有說錯。」

「但媽媽有問過難不成是妳口中的那位高森同學，妳明明回答說不是吧。」

「那是因為……」

鳥越似乎不便闡明來訪者是我，才不由得撒了點小謊。

看在伯母眼裡，恐怕就是因為這樣才忍不住嘮叨。

由於鳥越不經意地撒了好幾次謊，導致伯母漸漸無法相信自己的女兒。

「媽媽並不是在生氣靜香妳交了男朋友——」

「我、我、我、我、我……我、我們沒在交往啦！」

鳥越變得面紅耳赤。

「我本來很擔心妳交不到朋友，結果沒兩下就跟人跑去夜遊……這全是你造成的吧？高森同學。」

夜遊……

其實我們並未做出任何伯母想像中的那些事情，不知她是否願意聽我解釋？

「那個，關於我和靜香同學在那天做了什麼……」

為了避免誤會，我開始解釋來龍去脈。

諸如要在校慶上映的自製電影、鳥越負責構思劇本、我們討論劇情時不小心聊太晚等等。

在這股嚴肅的氣氛中，小桃不知不覺間玩起了手機。

「胡桃，不許玩媽媽的手機。」

「好～～」

因為這股天真的聲音，現場氣氛稍稍得到緩解。

「……高森同學，我已明白你並沒有錯，很抱歉之前對你那麼凶。」

「不會，請別這麼說，完全沒那回事。」

面對微微鞠躬道歉的伯母，我連忙擠出笑容搖頭以對。

「為何媽媽要來礙事？明明我只是很正常地和大家玩在一起！而且高森同學今天難得來家裡玩……」

「什麼礙事──」

當場面即將再度失控時，鳥越宛如想逃離母親的嘮叨般奔出餐廳。

老實說我不知該如何是好，但在看見跑開的鳥越眼眶泛淚，我馬上鞠躬向伯母告辭，迅速追了出去。

「鳥越，妳冷靜點。」

我朝著鳥越的背影說話。

「我不要緊，與往常一樣。I am OK。」

這哪裡OK了？妳平常才不會這麼說喔。

鳥越以哭腔回答完後，能看見她抬起手抹了一下臉。

她一回到臥室立刻從壁櫥裡拿出包包，並且把衣物和內衣褲塞入包包。

「喂，妳想做什麼？」

「……」

鳥越在確認過手機和錢包後，一把提起已被塞滿的包包。

「難不成鳥越妳……」

「我要離家出走。你就別管我了。」

語畢，鳥越吸了吸鼻子。

這哪裡叫做不要緊啊。

④ 收留逃家少女

「啊，是靜靜～怎麼？葛格，你們是單獨兩人出去玩嗎？」

前來應門的茉菜，立刻拋出了這個問題。

「妳原則上並沒有猜錯……總之我撿到一名逃家少女。」

「啥？」

茉菜嚇得目瞪口呆，愣在原地不停眨著眼睛。

在我們離開鳥越家時，伯母應該有聽見聲音，卻沒有過來看看情況，完全沒有理會我們。

本以為鳥越已想好要去哪裡，一問才知道她根本毫無安排。

因為還沒吃午飯，我們去車站前的烏龍麵店填飽肚子，經過一番商量後，我決定把這位基於某些原因選擇逃家的少女帶回家中。

「所以靜靜要來過夜嗎!?靜靜妳帶著行李是要來過夜嗎!?」

茉菜顯得莫名開心。

由於鳥越沒有正面給出答覆就一路跟來我家，因此我耐心地等待她開口回答。

「那個～嗯，與其說是過夜……如果方便的話，希望能暫住幾天。」

「啊～……原來如此、原來如此──瞧妳似乎有什麼隱情啊？小妹妹。」

大概是受到動漫的影響，茉菜裝腔作勢地說著。

「嗯，可以這麼說。」

「ＯＫ～安啦安啦，妳想住多久都沒問題。」

嘻嘻嘻──茉菜笑咪咪地邀請鳥越進家門。

我覺得不必特地到我房間談，於是走進客廳，結果發現茉菜剛才在開了冷氣的客廳裡摺衣服，並欣賞著重播的電視劇。

簡直就像是哪來的家庭主婦。

「……鳥越，妳接下來有何打算？是要如何跟妳媽媽解釋呢？」

「這些事情之後再說。」

這真不像是鳥越的作風，完全就是我所不知道的一面。

「葛格，不許這樣質問靜靜，畢竟靜靜是在浪跡天涯之後，最終才來向葛格你求助吧？」

「並沒有這回事。」

「既然如此，至少葛格你要永遠站在靜靜這邊喔。」

© Fly

茉菜氣呼呼地鼓起臉頰。

看來她已決定套用這個設定了。

「茉茉，我也來幫妳。」

「咦～!?可以嗎!?那這些就拜託妳囉。」

茉菜毫不客氣地把亂堆的晾乾衣物分一些給鳥越。

她粗略地把自己、媽媽還有我的衣物分成三堆，而鳥越分到的是我的衣物。

「靜靜，那裡面也有葛格的內褲喔！」

「咦！」

正準備摺T恤的鳥越瞬間停下動作。

我馬上把還沒摺好的那堆衣物通通抱走。

「鳥越，妳不必幫忙摺我的衣服！」

「葛格，這有什麼好害臊的，你還不是會死盯著我拿去洗的胸罩及內褲嗎？」

鳥越露出一道毫無情感的冰冷眼神瞪向我。

「才怪！我沒做過那種事喔！鳥越！」

這個小妮子在胡說些什麼啊。

「靜靜妳要住在這裡的話，就必須經歷這個洗禮。當妳有內衣褲得拿出來洗時，就會被葛格死盯著看。」

「天底下哪有這種洗禮……還有我才不會死盯著內衣褲瞧。」

「我帶的都是有挑選過的，所以被人拿去看也沒關係。」

烏越比了個勝利手勢。因為她面無表情，我完全猜不出她在想啥。

話說那是啥鬼手勢啊，而且被人拿去看應該是大有關係吧。

「靜靜都這麼說囉，葛格。恭喜你喔。」

「我從剛剛就一直在否定這件事。」

被兩位小妞捉弄得無地自容的我，如腳底抹油般抱著手中的衣物奔出客廳，直接回到自己位於二樓的臥室內。

啟動冷氣後，我把衣物放於床上，並直接坐在旁邊。

關於烏越寄宿在這裡一事，看茉菜的反應是非常歡迎，相信老媽在聽完解釋後也會同意的。

「不過烏越她到底想怎樣啊？」

當初烏越都答應我會好好與家人說明，結果竟立刻毀約了。

不過看這情況與其說是毀約，不如說是忘了會更貼切。

令烏越伯母如此操心的原因，開端是烏越於日前趕在傍晚跑來我家討論電影事宜，並自認為別讓母親知道就不會挨罵。

最終的下場是東窗事發，烏越被母親訓斥一頓。

為了解悶，平常並未經手過此家事的我開始摺衣服，儘管摺得歪七扭八，不過最後總算是完成了。

讓我重新體認到茉菜真的很會摺衣服。

雖然這是我第一次與鳥越伯母當面交談，但感覺上她是個明理的人。

只要鳥越肯和母親好好談，我想就不會產生這麼嚴重的摩擦了。

不過伯母的確有點過度保護。

當然鳥越自己也要檢討，就算只是沒什麼大不了的謊言，她終究沒有說出實話。

在我疊完衣服時，剛好收到茉菜傳來的訊息。

『我和靜靜一起去買晚飯的食材唷～另外我也會幫你跟媽媽說一聲喔～？』

『ＯＫ。』我簡短地回覆訊息。

先撇開鳥越家的問題不看，幸好茉菜顯得挺開心的。

想想茉菜似乎滿喜歡在外過夜或有人來家裡住。

光是這個暑假，她就在朋友家過夜好幾次了。

為了避免忘記說，我發訊息通知老媽說有一位朋友會來家裡過夜。

即使這類事情是茉菜比我更得老媽的信賴，由茉菜去說會更容易取得同意，但我好歹也該表示點什麼才說得過去。

我坐在書桌前，拿出今天討論時所使用的筆記本。

既然影片長度得在二十分鐘內，內容就要比校慶用的電影更短才行。

……說起我個人想拍的電影，幸好登場角色僅有主角一人，其餘只需幾名背景配角而已。

我再次打開比賽的官方網站確認細項。

評審有電影導演、影片剪輯師、劇本家以及經紀公司相關人士等等。

即便到時沒能獲獎，或許還是可以受到業界人士的關注——

一想到這裡，我更加賣力處理手邊工作。

老媽在接近傍晚時回到家，見到鳥越便親切地打招呼「我已經聽孩子們說了，歡迎妳來喔，小靜」，並且輕輕拍了拍鳥越的肩膀，與緊張到渾身僵硬的鳥越形成對比。

在這之後，我們四人開始享用茉菜做的晚餐。

把人帶回家的我自然就不用說，茉菜的態度則與先前一樣，而老媽也對鳥越十分熱情，因此這頓飯的氣氛還算和樂。

到了晚上，鳥越是睡在茉菜的臥室，因為隔天早上有安排攝影行程，所以我們一起前往學校。

「高森同學你和伯母好像喔。」

當我反問後，鳥越回了一句「就是給人的感覺吧」。

我們在途中恰好遇到伏見，於是我將鳥越來家裡過夜的事情粗略提了一下。

「咦~!?真的嗎~？真好~明明可以算我一份的說~」

伏見嘟起嘴對我大表不滿。

「想說妳在忙啊，伏見，更何況妳都是晚上十點就睡了吧？」

「咦，妳也太早睡了吧，小學生。」

「這是因為……！那個~假如是和朋友過夜，我會加油晚睡的！」

妳確定？

「小靜，妳可以今天或明天來我家住喔。」

「咦，真、真的可以嗎……？」

「嗯，我豈能讓壞蛋小諒占盡好處。」

「這與壞蛋二字扯不上邊吧……」

鳥越她有自己的難處……在我準備反駁之際正巧遇見姬藍。

「靜香同學……？妳怎會出現在這裡呢？」

於是我對滿臉困惑的姬藍稍作解釋。

「住在姬奈家應該會很沒意思，歡迎妳來我家過夜喔。」

「為什麼妳要趁機酸我嘛~而且住我家才不會沒意思呢。」

伏見氣呼呼地抗議後，鳥越忍不住笑了。

「既然這樣，小姬藍就排下一個吧。」

「比起十點就睡覺的姬奈，來我家會有更多樂趣，因此妳儘管放心。」

姬藍回以一張燦笑。

「小藍妳是不是只要沒酸我就會渾身不對勁呀……!?」

「轟轟轟轟～」伏見替自己配奇怪的背景音效，並擠出一張僵硬的假笑。

反觀姬藍則是爽朗一笑。

「都怪我講話太實在了，對不起囉。」

「喂，妳們兩個別一早就鬥嘴啦。」

看著視線間彷彿迸射出火花的兩人，我趕緊出言安撫。

猛然想起另一位人選的我對鳥越說：

「話說篠原她家也不錯吧？相較於我家，妳去住女生家總是比較自在喔。」

「沒關係，其實我從沒去過小美家。」

記得鳥越說過她們在小學時的感情很好吧。

「的確有些人是禁止帶朋友回家玩吧。」

「嗯，小美就屬於這種人。」

原來是這樣啊。

雖然鳥越的朋友不多，但還是有茉菜、伏見、姬藍以及篠原陪在她身邊。
而且大家都是好人。
根本不會出現鳥越伯母擔心的那類情況。

◆鳥越靜香◆

離家出走第二天的我，最終決定來姬奈家打擾一晚。
「難得看妳帶小諒以外的朋友來家裡玩呢。」
姬奈的父親開門迎接，在看見我時不禁睜大雙眼。
「這沒什麼好大驚小怪的，而且我也有小諒以外的朋友呀。」
姬奈像個孩子一樣露出鬧彆扭的表情。
「啊，我叫做鳥越靜香，伯父您好。那個，今天要打擾您了。」
我趕緊鞠躬打招呼。
「不會不會，歡迎妳光臨寒舍，當自己家就好。」
「啊，好的，謝謝伯父。」
我們在玄關簡單打過招呼後，姬奈忽然擋在我的面前。
「你這個歐吉桑別跟女高中生聊太久，免得人家染上怪病。」

「這也太誇張了吧～……」

伯父露出一張苦笑，那感覺莫名與姬奈有些相似。

「我們走吧，小靜。」我跟在帶路的姬奈身後，來到位於二樓的臥室。

「請進請進。」

「嗯。」

房間的布置一如姬奈給人的感覺是可愛取向。

例如大概從小學時期就沒換過的書桌椅、充滿清新感的綠色窗簾、裝滿ＤＶＤ的收納櫃以及放有小型平裝書的書櫃。

「若是有令妳好奇的作品，可以儘管拿去看喔。」

「謝謝。」

我稍微觀察一下，發現姬奈都沒買引發過話題的重量級電影或暢銷小說。

單看ＤＶＤ跟小說封面，感覺沒什麼人會相信這些是女高中生花錢買來的。

「妳聯絡過家人了嗎？」

姬奈坐在床上如此提問。

「咦、嗯……」

其實我昨天並沒有闡明自己是住在高森同學家裡。

就只對媽媽說我住在朋友家。

而且發送完訊息後，也沒確認媽媽是怎麼回覆我。

「關於小諒去妳家那件事——」

「咦？高森同學嗎？啊。」

應該是指昨天他來我家那次吧。

「呃～因為高森同學他有自己想拍的微電影，所以昨天來找我商量。」

「咦～這樣啊。」

高森同學並未對姬奈說過他的個人電影一事。

如此一來，他希望我擔任女主角這件事恐怕也是隻字未提。

「雖說與拍攝校慶用微電影的立場剛好相反，總之我是陪他討論個人電影的內容。」

「唔～明明我對電影也稍有研究。臭小諒，他都已經有我了還跑去找別人討論——！」

姬奈以開玩笑的語氣說完後，便氣呼呼地鼓起雙頰。

……真可愛。

看這情況，還是先跟姬奈說清楚好了。

「老實說，高森同學是拜託我飾演這部微電影的女主角。」

「是……是嗎？」

姬奈的音調比起前一句又降了兩階。

「他說我符合女主角的形象。真不知是怎樣的形象呢。」

我自嘲地笑了出來。

由於我還不清楚劇情內容，大概是女主角的形象較為陰沉才會聯想到我吧。

不過姬奈對於高森同學沒找她飾演女主角一事所受到的打擊，似乎比我想像得更嚴重。

「唔～真不甘心……都怪我太不成熟，小諒才去拜託小靜吧……」

癟著嘴的姬奈將懊惱之情全表現在臉上。

自從姬奈在試鏡會落選之後，她開始會感嘆自己的不足之處。

「我也對高森同學說過，等劇情統整好之後，可能就不需要由我來飾演了。」

到時候，高森同學還是會拜託姬奈來飾演吧。

既然是片長二十分鐘的短篇作品，主角只需一位就足夠了。

一想到這裡，我的心中就傳來刺痛。

正所謂適材適用。

就讓事情的發展回歸至該有的結果……就只是這樣而已。

「小諒在我不知道的時候跑去打工，變得很了解使用攝影器材，以及他有自己想拍的微電影等等……這讓我覺得自己只了解小諒的一小部分，不禁感到有些寂寞。」

姬奈在臉上擠出一個笑容，卻又顯得莫名哀傷。

「令我覺得小諒也漸漸長大成人……為了避免自己耍脾氣害小諒傷腦筋，我就裝作自己沒聽過這件事喔。」

「咦？」

「其實小諒他……總之等到他來拜託我，我再考慮這件事吧。所以小諒先拜託妳囉，小靜。」

說句心底話，我萬萬沒想到姬奈會做出這樣的反應。

相信姬奈對於高森同學只有來找我商量個人電影一事有點吃醋，並且對於找我擔任女主角而非練過演技的她這部分是更加反感才對。

我至此終於明白，姬奈是因為認同高森同學才會有此覺悟。

高森同學最後選擇誰，一切端看他的抉擇。

「……嗯，我知道了。」

感到有些尷尬的我仍直視著姬奈。

即使我沒有這種想法，腦中卻不禁閃過贏家的從容這幾個字。

「要是我當真參演的話，就會努力製作出一部傑出的作品。」

「唔～這樣的話是很棒啦，可是又很令人吃味耶～」

看著坦率說出心底話的姬奈，我也不由得有點吃味。

這樣的她令我既羨慕又憧憬。

當我們脫下制服換成居家服，聊天的話題恰好告一段落之際，姬奈的手機收到父親提醒說晚飯已經準備好的訊息。

我們走下樓梯抵達位於一樓的餐廳，此處看起來相當整潔。桌上一共有包含我在內的四人份晚餐。

分別是我、姬奈、伯父以及負責家事的祖母。

姬奈的祖母感覺大約是五十歲左右，不過她長得很美，實際年齡或許稍微再大一點吧。

伏見家個個都容貌出眾，怪不得能生出像姬奈這樣的美人胚子。

話說姬奈的母親不知去哪了？難道是離婚嗎？

感覺我還是別過問此事，以免不小心踩到地雷……

確切說來是——我想避免問了之後不知該如何反應的情況。

「鳥越同學，我很歡迎妳來家裡過夜，但要記得向家人報備喔。」

「啊，好的……我之後會發送訊息。」

「爸爸，吃飯時別提這麼嚴肅的事情啦。另外因為你跟小靜說話了，所以得罰錢喔。」

「這規則也太嚴了吧。」

儘管姬奈對父親的態度比較苛刻，不過這頓晚餐吃得還算融洽。

我和姬奈回到她的臥室後，便開啟手機的通訊軟體。

媽媽有發送訊息給我，看時間全是昨天傳的。

我不理會那些內容，只傳了一句『我今天也同樣住朋友家』。

『要小心別給對方添麻煩喔，祝妳玩得開心。』

這段回覆遠超出我的想像。

因為我懶得對總愛瞎操心的媽媽解釋太多，也不想害她擔心以及被她追問太多，所以才經常含糊帶過或絕口不提。

但最終是紙包不住火，導致媽媽瞎操心的症狀變得更加嚴重。

倘若我能將自己的交友關係徹底解釋清楚，事情或許就不會落得這步田地。

假如我就讀小學二年級時沒有被同學霸凌，媽媽可能就不會這麼容易瞎操心了。

我看了看時間，現在已是晚上八點過後。

「抱歉，姬奈，我今天還是先回家好了。」

姬奈先是眨了眨眼睛，然後露出笑容說：

「嗯。」

我還是好好去道歉吧。

畢竟媽媽之所以會那麼不安又容易操心，一切都是我造成的。

都怪我沒有解釋清楚，媽媽才會對我最重要的朋友們產生疑慮。

我再也不想見到自己最珍惜的朋友們被人誤解。

姬奈的父親開車送我回家。

多虧姬奈也一起跟來，車內的氣氛十分和諧，我下車後與兩人道別，並目送車子駛離。

明明包包裡只裝著衣物，現在卻令人感到異常沉重。

我解鎖並推開房門，隨之發出響亮的開門聲。

「小靜香！」

聽見聲響的小桃，迅速跑來玄關迎接我。

「我回來了。」

「小靜香，今天妳朋友——」

「咦？啊～嗯，我剛剛是在朋友家。」

小桃卻對我搖搖頭。

……這反應是什麼意思？

而她還是一樣拿著媽媽的手機。

由於她的手掌還很小，因此手機在她手裡顯得特別巨大。

近來學會使用錄影功能的小桃，每當媽媽沒空陪她時就會一直錄影，外加上她總愛亂摸手機，於是也會幫人拍照。

我探頭看向廚房，發現媽媽背對著門口正在洗碗。

晚飯已收拾乾淨的餐桌上，竟有一份用保鮮膜包住的餐點。

「……明明都說不必幫我準備晚餐了。」

為何媽媽還是做了……？我說過今天會住朋友家呀。

「沒人知道妳會不會餓著肚子回來嘛。畢竟妳這孩子比較怕生，感覺在別人家吃晚餐都會比較客氣。」

我緊咬雙唇，將哽在咽喉處的情感嚥了回去。

無論是在高森同學家或姬奈家，我都有克制自己只吃平常三分之一的分量而已。

「那我吃囉。」

我拿起自己的專用碗添了飯。

接著坐在椅子上，將保鮮膜拆下來。

「……媽媽，對不起，我不該撒謊瞞著妳以及沒把事情說清楚。」

說完後，我又補上一句道歉。

同時覺得害媽媽擔心的自己很沒用，並且感受到媽媽不變的關懷，淚水隨即模糊了視線。

「高森同學真是個好孩子。媽媽之前似乎打擾到你們談事情了，妳下次再帶他來家裡玩吧。」

「……嗯。」

我吸了吸鼻子接著說：

「不光是高森同學，我的朋友們…………大家都很好喔。」

「這樣呀，那真是太好了。」

明明只是一天沒在家吃飯，菜色也與往常無異，儘管稍微冷了點，卻帶有一股淚水的味道。

小桃這時揉了揉眼睛，將手機放在桌上。

「媽媽～……」

「來了來了。」

小桃似乎想睡了，於是媽媽抱著她離開餐廳。

她又拍了什麼奇怪的照片嗎？

因為媽媽的手機沒有自動上鎖，於是我順手打開存放拍攝檔案的相片集。

不出所料，小桃擅自拍了許多東西。

『其實您不必如此擔心她，當然由我說這種話不太有說服力……那個——』

我試著播放其中一個錄影檔，隨即從中傳來熟悉的聲音，而且一瞬間有照到高森同學的臉。

「咦？」

鏡頭很快又移至腳下。

按照家具的位置跟拍攝角度，高森同學應該就坐在我目前的座位上。

我暫停播放，開始確認此影片檔的詳細資訊，發現時間是今天下午。

這時，我想起姬奈說過的一句話。

——關於小諒去妳家的那件事——

我本以為是指之前高森同學來家裡那次，現在想想恐怕是指今天才對。

就像小桃剛剛似乎也想告訴我關於「朋友」的事情。

……高森同學今天是來做什麼呢？

『我們班上決定在校慶上映自製電影，至於劇情則全權交由鳥越……交由靜香同學來構思。或許興趣是看書會給人一種個性陰沉的刻板印象，不過多虧她閱讀過許多小說，因此她在這方面是相當可靠。』

他在說什麼嘛，聽起來……真叫人害臊……

『可是像靜香這樣的孩子，都會被外界取笑說很宅不是嗎？』

『……確實是這樣沒錯，不過這類形容也並非全然是負面的。』

『我希望靜香能培養更平凡的興趣，畢竟她曾經因為這點被同學們霸凌。』

『嗯……可是所謂的宅，也會用來形容精通特定領域的人，所以鳥越……靜香同學仍屬於「平凡」的範疇裡。若以這個角度來看，老師都是特定科目的阿宅喔。』

高森同學正在跟我媽媽討論我的事情。

我起先對這段奇妙的影片內容感到非常害羞，但最終還是很好奇他們的對話。

『所謂的平凡其實是相當複雜，像我自己也沒有能夠抬頭挺胸向人介紹的興趣……因此可以找到自己的興趣並沉浸於其中，我認為光是這樣就已經非常厲害了。』

『你這孩子……究竟在對別人的父母說什麼呀……而且還這樣不請自來。』

影片裡傳來高森同學無比誠懇的說話聲。

緊接著發出一陣物品摩擦的聲響。

鏡頭恰好拍到高森同學和媽媽。

『請收下這個，因為我覺得之前送的水羊羹……好像有些不太恰當。』

『哎呀，讓你費心了，謝謝。』

高森同學倒是在某些方面表現得非常成熟。

『靜香同學一如伯母您心中所想的那樣，是個既認真又努力的好女孩，我想她是為了避免讓您操心，才沒有把每件事情都解釋清楚……！另、另外我在班上好歹有擔任股長，不管是我或鳥越都沒有結交壞朋友——』

高森同學趁此機會利用自己的職位來換取媽媽的信任。
但他為何要這麼做？明明做錯事的人是我，根本沒必要特地跑來幫我辯解。
我環顧四周，發現桌上放有一個裝著東西的紙袋。仔細一看，紙袋內有一盒銅鑼燒。
為何他老是跳脫不出日式點心的框架呀？
我忍不住笑了出來。
並將這個影片轉發至我的手機裡。

◆高森諒◆

「真好～我也想去小靜家看看～」
因為今天要在學校拍攝，所以我、伏見、姬藍和茉菜結伴前往學校。
「話說靜香同學昨天怎麼了嗎？」
「她最終沒有在我家過夜，而是回家去了。」
看鳥越不像是會想家的那種人……總之她是回家去了。
我昨天私下拜訪鳥越家，與鳥越伯母促膝長談。
儘管我的舉動略顯擅作主張，幸好有解開伯母對鳥越的誤解，以及對她興趣的刻板印象。

「比起小諒你……我自認為和小靜的感情更要好喔。」

「麻煩妳別說得好像是我在跟妳搶人啦。」

「相較於葛格，我也一樣與靜靜更要好才對。」

「妳說的並沒有錯，純粹是我剛好有事要跟她談。」

伏見似乎對我比她更早被鳥越邀去家裡玩一事相當不滿，正皺著柳眉在鬧彆扭。

茉菜也同樣對此頗有微詞。

就算這個小妮子擺出一副自己與鳥越是同班同學的模樣，實際上卻並非如此，而且她的年紀比鳥越還小。

「我也認為自己與靜香同學有些交情，既然諒都可以去她家玩了，相信我們肯定沒問題吧？」

「這是哪門子的論調啊。」

麻煩請去徵詢當事人的意見好嗎？

「也對，我問問看。」

明明再過不到三十分鐘就會與鳥越見面，伏見仍操作手機發送訊息。

「啊，收到回訊了──她說可以喔！」

伏見開心地把手機螢幕展示在我的面前。

「不愧是靜靜～」

根據內容，鳥越邀請在場所有的人一起去她家玩。

「為什麼包含我在內？」

「應該是因為你也在就順便約一下吧。」

是把我當成哪來的附屬品啊。

我們頂著大熱天走在通學路上，剛抵達學校就看見一道熟悉的身影。

「靜靜早～」

「茉茉早，大家也都早安。」

眾人打完招呼便踏入校園內。

雖說比戶外涼快點，但校舍內還是相當炎熱。

「今天結束拍攝後就要去靜靜妳家玩！」

「嗯，歡迎喔。」

……話說茉菜一塊去不要緊嗎？

誰叫她看起來完全像個辣妹，會不會令鳥越伯母又開始操心啊？

「不過大家別期望太高，因為我家挺小的。」

「我只要有冷氣就足夠了。」

「冷氣的話，我家好歹還是有啦。」

鳥越不禁露出苦笑。

「我家剛好有銅鑼燒，到時再一起吃吧。」

語畢，鳥越突然瞄了我一眼。

我有請鳥越伯母別把我私下拜訪一事說出去，相信她會信守承諾吧……

「聽說是哪來的土產。」

很好，看來伯母有幫忙保密。

「我們到時也順便買點零食過去如何？」

「這主意不錯喔。」

伏見立刻贊同姬藍的提議。

「晚點一起去超市挑選想吃的零食吧。」

我的青梅竹馬們和妹妹開始大聊要買些什麼。

「到時我們會盡量安靜點的。」

鳥越聽我說完後搖了搖頭。

「你顧慮太多了啦。」

會嗎？感覺茉菜這丫頭一定會特別吵。

對了，差點忘記茉菜的小鬼頭應對能力非常卓越。

由她陪小桃玩，我相信無人能出其右。

……怎麼感覺茉菜輕輕鬆鬆就能提升別人對她的好感度啊？

撇開辣妹這點不提，難不成她各項素質都很高嗎……？

在我難以接受地癟起嘴時，鳥越一臉認真地對我說：

「關於你要拍的微電影，我認真思考過了……抱歉，隨著我越加深入思考這件事，就越是覺得不該由我飾演。」

這答覆十分符合鳥越那一本正經的個性。

「原因是高森同學你非常認真在看待此事，假如你想打造出一部好作品，我個人認為最好別由我來飾演。」

看來她對我的提案當真是想了很多。

「對於你最先找我商量此事，並且邀請我擔任女主角，我是真的十分高興。只要是擔任演員以外的部分需要幫忙，我很樂意出一份力。」

面對這個出乎意料的毛遂自薦，我不加思索地一口答應。

「謝謝，這真是幫了我一個大忙，那就麻煩妳陪我構思劇本。」

鳥越先是默默地點了個頭，隨後輕聲地低語說：

「該道謝的是我才對……謝謝你，高森同學。」

接受幫助的人是我才對吧？

看這樣子，她果然已經知道銅鑼燒是我送的吧……

其實我很擔心銅鑼燒不受女高中生歡迎，所以挺怕被她嫌棄說我很沒品味。
「總覺得我能猜出你正在想些什麼，反正不是你想的那樣。」
「妳是哪來的超能力者啊。」
「想想還真是不可思議，明明你的個性那麼被動，卻在奇怪的地方特別有行動力。」
先抵達教室的另外三人佇立於門口等待我們過去。
「葛、葛格在跟靜靜打情罵俏!?」
「我們才沒有打情罵俏，就只是在聊天而已。」
我感到傻眼地回應後，鳥越先是發出一陣輕笑，接著以唯獨我能聽見的音量說：
「我會向媽媽介紹說，大家都是我的朋友。」
依照鳥越此刻的表情，相信她今後不會再選擇離家出走了。

⑤ 跟拍姬藍與藍華

「那麼，你考慮得怎樣了？」
位於打工地點的我剛好在休息。
我坐在自動販賣機旁的長椅上，喝了一口裝於紙杯裡的咖啡。
「我應該已經拒絕了吧？」
「唉唷～你不必急著得出結論嘛。」
請我喝咖啡的松田先生買好自己的咖啡後，直接坐在我的旁邊。
「姬藍應該不知道這件事吧？」
「人家相信小藍華會答應的。」
既然如此，就表示松田先生尚未確認過姬藍的意見。
「我認為這種事首要是重視當事人的感受，而非第三者擅作主張……」
「嗯～～～～還真是青澀呢。」
松田先生給出這個讓人一頭霧水的回應後，優雅地翹著腿說：

「算了，這件事就等日後再慢慢討論吧。」

「我倒是希望能就此告一段落。」

松田先生似乎認為還有機會說服我，露出一副充滿幹勁的模樣。

「……對了，你準備在校慶上映的電影還沒拍完吧？目前進度如何呢？」

由於松田先生之前答應過，願意針對我拍的電影提供建議（大概意思），因此我把目前完成好的部分拿給他看。

「該怎麼說呢……？你很陶醉在製作電影這件事上面喔，寶寶。」

順帶一提，寶寶二字所指的人就是我。

「很陶醉……是嗎？」

「沒錯。與其說這是新手常見的情況，不如說是必經之路。要是你今後也從事影視工作的話，等你變出色之後再重看現在的作品，就會深刻體認到這時的自己是多麼地膚淺且無知。」

沒想到換來的評價是如此不堪……

被人當面這麼批評，總覺得打擊頗大的……

「目前的我是既膚淺又無知啊……」

「唉唷~你先別急著得出結論嘛。」

松田先生用食指戳了戳我的肩膀。

這舉動嚇得我寒毛直豎，希望他能別再這樣對我。

「這是你第一次拍攝電影吧？」

「是的。」

「那就算是表現得非常好囉。」

咦？我得到讚美了？

「有必要這麼驚訝嗎？剛剛那句既膚淺又無知的批評，是等你變厲害之後再回顧這部作品時才會有的感受，並非是對你現階段的客觀評價。」

「那以現階段而言是？」

「你有很努力學習喔。」

我全身放鬆大大地呼出一口氣。

「既然如此，麻煩你一開始就這麼說嘛。」

「畢竟只有稱讚就太沒趣了對吧？」

我並不需要這種樂趣。

「當然這是以一名菜鳥為前提，你以一名菜鳥來說是有很努力在學習囉。」

「為何您讚美完還要像這樣補上一腳？」

「因為人家覺得寶寶你是越挫越勇的那種人。」

是嗎？

我個人是比較偏好被人讚美呵護的教育方式啦。

不過松田先生終究是經營偶像團體的專家。

或許他很清楚哪種人該以何種方式培育會最有效率也說不定。

「話說回來，你看過之前借你的現場表演DVD了嗎？」

啊、松田先生確實有借我一片影音光碟。

由於我隨手放在桌上，恐怕盒子已布上些許灰塵了。

「其實我最近有點忙，到現在都還沒看。」

「是嗎？建議你有空看一下，小藍華表演得很不錯喔。」

我們同時喝完咖啡，把紙杯扔進垃圾桶後就一起回到公司內。

在走進辦公地點的社長室裡，我打開自己專用的筆電確認新郵件時，松田先生以手勢找我過去。

「寶寶，你來一下。」

「嗯。」我應了一聲便從座位起身。

為何松田先生特地把我找去？

社長室內就只有我們兩人，以往他都會直接坐在位子上跟我說話。

我困惑地走至松田先生身邊，他隨即將手中一部分的資料交給我。

「其實人家正在籌備這個企劃。」

由於松田先生對電腦一竅不通，因此我手上這份資料有著滿滿的手寫感。

這份企劃書上的標題是『姬嶋藍的幕後日常』。

「這是……？」

「人家打算以跟拍的方式，拍攝一段小藍華的私生活。」

「喔～～」

電視上有不少這類節目。

資料裡以優美的字跡簡述拍攝內容。

「大綱就是小藍華以偶像歌手的身分出道，在一帆風順之際因身體不適這等憾事被迫引退，現在已完全復原準備重返舞臺。」

倘若光聽概要，的確很有紀實節目的感覺。

「人家是希望由寶寶你來負責攝影。」

「喔～～呃……啥？」

「你不想嗎？」

「啊，並非我不想拍……問題是我可以嗎？」

「假如不可以，人家就不會拜託你呀。」

松田先生沒有任何開玩笑的意思，一臉認真地看著我的眼睛說：

「人家不考慮拍攝虛假的內容，而是想記錄小藍華最真實的一面，人家認為寶寶你能夠勝任這項工作。外加上你已具備攝影相關的基本技巧，因此才決定交給你。」

想想我也沒理由拒絕。

重點是自己至今所做的一切似乎有得到認同，讓我感到非常高興。

「好的，請讓我負責這項工作。」

「說得好，那就拜託你囉。」

松田先生表示不必全天候跟拍，只需錄下姬藍平常的樣子、參演的心情以及舞臺排練時的狀況等等未經過剪輯的影片即可。

似乎打算將這些片段製作成推銷姬藍的宣傳影片。

「第二張是採訪小藍華的問題清單，記得全都要問到喔。」

我翻過第一張，發現紙上寫滿了題目。

粗估有三十項。

「這些……都要問嗎？」

「畢竟沒人能肯定哪些片段會用上，正所謂有備無患。」

「原來如此……我明白了。」

在製作電影時，因為是按照自己的想法來拍攝，所以不會有太多用不上的內容。

不過錄製紀錄片類型時，若是沒有充足的「拍攝品質」，影片就無法登上檯面。

清單的前部分都是些喜歡的食物、喜歡的歌手、喜歡的演員等常見問題，但後面就有心儀對象的條件、理想中的約會方式等較為隱私的題目。

我有辦法完成採訪嗎？

總覺得姬藍聽見這些問題，只會一臉嫌惡地甩下一句「為何我非得回答你這些問題不可」。

嗚哇～上述想像已具體浮現在我的腦中。

「啊，喂喂，小藍華嗎～？啊、是，妳也辛苦了～關於之前的那個提議……」

這是我第一次親眼看見松田先生與人通話。通話對象似乎是姬藍。

「寶寶說他願意負責拍攝喔。」

此時能聽見話筒傳出的音量瞬間變大。另一頭嗓音激動地說著話，而且吵到話筒都快破音了。

「真吵。唉唷～這孩子是想嚇死誰呀。」

松田先生把手機放在桌上，並將通話切換成擴音模式。

『是諒嗎!?為什麼!?所、所所所所謂的貼身——究竟會貼身到何種程度呀!?』

能從姬藍的語氣中聽出她徹底慌了手腳。

「這還用問？當然是拍下妳的全部囉。」

『咦——咦咦咦咦咦咦～這、這會讓我很困擾的～！』

松田先生似乎覺得姬藍的反應很有意思，毫不掩飾臉上的賊笑。

雖說是貼身跟拍，實際上也不會拍攝太過隱私的內容。

「寶寶目前也在旁邊喔。」

因為被點名了，我便對著手機說：

「喂喂，姬藍妳冷靜點，拍攝內容不會像松田先生說得那樣深入啦。」

『…………咳咳，聽說是由你負責攝影對吧？到時候可不要扯我後腿喔。』

姬藍清了清嗓子後，終於暫時冷靜下來。

「嗯，我會加油的。」

『唔、嗯，你、你有這麼想就好。』

「寶寶願意擔任攝影師真是太好了呢～小藍華。」

『一點都不好！這有什麼好的!?即使諒是我的青梅竹馬，卻也只接觸過一些與電影有關的皮毛罷了，更何況攝影師是誰皆與我無關！』

「哎呀，討厭，妳的傲嬌敏感度還真高呢。」

『我！並沒有在！耍傲嬌！』

「『好吵。』」

姬藍以近乎尖叫的方式大吼，因為吵到已超出話筒的音量上限，於是產生相當嚴重的破音。

「關於拍攝日期，人家會調整妳跟寶寶的行程表，晚點再通知妳。那就先拜拜囉。」

松田先生沒有理會還在大吵大鬧的姬藍，單方面地切斷通話。

接著只見他輕輕呼出一口氣。

「看來我家的小公主對此事是喜不自勝呢。」

真是這樣就好了。

能拍攝到當事人最真實的一面是很好，但實際攝影時未必是這麼回事。

「總之就是這樣，麻煩你多多關照小藍華囉。」

至此，松田先生為這件事做出總結。

「今天要去哪呢？」

架起手持攝影機的我，隔著鏡頭如此提問。

「去參加舞臺排練。」

姬藍瞄了我一眼之後，又馬上把臉撇開。

「就這身打扮嗎？」

「我到時會換衣服。」

「啊～原來如此……」

姬藍彷彿想跟我拉開距離，突然加快腳步往前走。

「麻煩你別在那邊問東問西。」

「別這麼說嘛，畢竟這就是所謂的貼身採訪。」

今天是貼身採訪第一天。

對於架起攝影機的我，姬藍的態度莫名尖酸刻薄。

「你可要記好別添麻煩喔。」

「這我知道。」

在來到排練的舞蹈練習室之後，姬藍泰然自若地走了進去。

話說姬藍從剛剛就一直是這副氣呼呼的樣子，這樣真的不要緊嗎？

按照企劃內容，到時會把現在拍攝到的畫面做剪輯，製成推銷用的宣傳影片。

不過被姬藍知道此事，她有可能會無法露出最真實的一面，因此松田先生吩咐我別告訴姬藍。

「早安。」

姬藍逐一向工作人員們打招呼。

「早安……」

跟在姬藍身後的我也小聲地打招呼。

「這位先生，此處禁止攝影喔。」

一名看似大學生的陽光帥哥如此提醒我，於是我馬上將類似通行證掛在脖子上寫有「怒極PA跟拍攝影師」的名牌展示出來。

「啊，那個～我有取得許可，所以應該能拍攝才對。」

『人家已幫你申請好了，儘管放心吧。』松田先生之前曾這麼說過。相信應該沒問題才對。

「啊～這樣啊。」該男子很快就接受了。

「不好意思，我會避免拍攝到排練內容的。」

我說完後，姬藍也補上一句「不好意思」並低頭道歉。

穿著T恤搭配運動褲的男子，朝大門敞開的室內一鞠躬就走了進去。

「那裡就是練習地點。」

我探頭窺視內部，發現此處空間與教室差不多大。有一整面牆都是鋪設鏡子，已有幾人在裡面拉筋熱身或交談聊天。

「今天是舞蹈練習，所以我比較沒那麼緊張。」

「是因為妳很擅長跳舞嗎？」

「可以這麼說。畢竟在試鏡會時，我的舞蹈成績是排名第一。」

能看出姬藍的神色有些得意。

「啊，也對，這是一部音樂劇，自然要講究歌唱與舞蹈能力。」

「我恰好能藉此機會突顯出彼此之間的差距。」

這丫頭是想跟誰較量啊？

穿過練習室沿著通道往前走，這次來到一個小房間。

「你是想跟到什麼時候？難道松田先生還吩咐你來拍我只穿內衣褲的樣子嗎？」

「這怎麼可能嘛……」

姬藍伸手指著我的背後。

那扇半開的門上寫著『女性更衣室』這行字。

「嗚哇啊!?我不是故意的——」

「為何你會沒發現啊……」

姬藍忍不住輕嘆一口氣。

這裡設有多個鐵櫃，櫃內放著私人的提袋或背包。不難看出那些全是女性的私有物。

由於我並沒有打算跟拍到這種地步，因此我立刻中止錄影準備離去，可是此時突然聽見大約有二至三名女性邊聊天邊走向這裡。

「等等，諒。」

在我準備走出去之際，姬藍一把拉住我的後側衣領。

「你現在出去會很不妙。」

「為什麼……？」

我深入思考自己手裡的東西與所在地點。

「嗚哇，大、大事不好了。」

我簡直就像是跑來更衣室偷拍的變態！

偏偏說話聲越來越接近。

「眼下也沒有其他辦法。來，你就躲這裡吧。」

姬藍打開其中一個鐵櫃。

我差點就要被宣判社會性死亡了……！

雖說完全是自找的，但我不能在這裡被警察逮捕。

我躲進姬藍打開的鐵櫃，然後輕輕把門關上。

從隙縫中能稍稍看見室內情形。

一名看似與我們同齡的女孩子，加上兩名可能是大學生或再稍微年長一點的女性邊聊天邊走進更衣室。

這三人都長得很可愛或很漂亮，姿色上完全不輸姬藍和伏見。

姬藍在這時站到鐵櫃前，徹底擋住我的視線。

啊、對吼，她們接下來要換衣服。

「姬嶋小姐，方便請妳讓開嗎？」

「那個～我今天想用這個櫃子，希望妳能換個地方……」

此時的我只能在心中為姬藍加油。

「咦，為什麼？我平常都是用這個櫃子耶。」

對方稍微加重語氣。

「總之今天……真的很不好意思。」

「妳別因為擔任女主角就擺架子喔？」

「我並沒有這個意思。」

起爭執的原因完全出在我身上。

真的非常抱歉，姬藍。

就在這時，有另一股聲音加入對話。

「真想不透妳這種人為何能擔任女主角，明明演技那麼糟。」

以往馬上就會大聲反駁的姬藍，這時卻繼續保持沉默。

『我恰好能藉此機會突顯出彼此之間的差距。』

之前還想說姬藍到底是在跟誰較量，原來這裡對她來說就是戰場。

「妳們別說了啦～要不然她就太可憐囉，畢竟肯定是高層硬要選她嘛～」

聽在第三者的耳裡，單就字面的確像是在幫忙緩頰，不過其口吻明顯是在損人。

假如這句話出現在通訊軟體裡，語尾必定會加上「w」這個符號。

儘管我很想衝出去幫姬藍說話，無奈我現在不能這麼做……

啊、有了……！

我開始操作手機，播放日前去鳥越家玩時錄下的影片。

『好多朋友。一起玩！一起玩！』

螢幕裡出現笑容滿面的小桃。

「……吶，妳們有聽見什麼聲音嗎？」

「什麼聲音？」

「我好像……也有聽見……」

姬藍狀似想回頭看我地稍稍扭頭，可是為了避免我被人發現，她很快又看向前方。

『好多朋友。一起玩！一起玩！』

我重播剛才的片段，更衣室內瞬間鴉雀無聲。

「咦、咦？還有誰在這……？」

「我、我也聽見了……說、說什麼『一起玩』。」

「妳、妳別亂說啦！」

我用力踹了一腳鐵櫃。因為這聲音比想像中更響亮，嚇得姬藍全身一抖。

拜此所賜，姬藍稍微偏離原本的位置，讓我能從縫隙間看清楚三人的反應。

三名女性已嚇得花容失色，不斷扭頭觀察四周。

「姬藍，快配合我。」

我壓低音量提醒後，再度重播相同的片段。

『好多朋友。一起玩！一起玩！』

對於當時也在場的姬藍來說，她肯定還記得小桃，並且能馬上認出小桃的聲音。

「……咦，妳們不知道嗎？這間更衣室鬧鬼喔。」

姬藍輕聲說完後，室內瀰漫著一股彷彿驚聲尖叫般的沉默。

「它不是壞鬼，所以妳們不必擔心，可是它有時會想找朋友一起玩……」

可以看見三位女性倒吸一口涼氣。

「或許會帶走現場其中一人也說不定。」

以這句話為開端，其中一人放聲尖叫逃之夭夭，第二人連忙緊追在後，最後那位嚇到腿軟的女性，則是哭哭啼啼連滾帶爬地跑出房間。

「……………噗、嘻嘻嘻。」

姬藍笑得雙肩顫抖。

「喂，妳別光顧著笑，快放我出去。」

經我提醒後，姬藍像是這才想起此事地幫我把門打開。

「都怪我給妳添麻煩了，抱歉。」

「無妨，那些人從之前就一直是這種態度，一有機會就來找我麻煩，因此這次是她們活該。嘻嘻嘻。」

大概是那三人的模樣過於滑稽，姬藍一回想起來就噴笑出聲。

她在笑完以後，換上一張真摯的表情對我說：

「雖然有些不甘心，不過我還是想向你道謝。謝謝你剛才幫我解圍。即便這樣仍舊無法改變她們對我的態度，但至少幫我出了口氣。」

「那真是太好了。」

「話說回來，真虧你能想到這個方法呢。」

「畢竟正值夏天嘛。」

「兩者之間當真有關聯嗎？」

「當然沒有，我只是隨口說說。更何況幽靈又不是只會在夏天出沒。」

「這麼說也對。」大概是心情不再那麼緊張，姬藍再次輕笑出聲。

「雖然那些人批評得很難聽，可是我認為妳表現得還不錯喔。」

「咦？」

姬藍露出困惑的表情。

「我是說演技，妳剛剛算是演了一齣短劇。」

「諒你對演技理當是一竅不通吧。」

「這倒是不盡然，而且妳演技太爛的話，她們也不會嚇成那樣吧。」

姬藍聽我這麼一說，臉上表情隨即放鬆。

「那麼，你是打算在這裡賴到何時？我想換衣服了。」

「啊，抱歉，我這就出去，我這就馬上出去。」

我檢查是否有東西遺落在此地的同時，順便確認過門外沒有其他人，才終於走出更衣室。

啊、對了，差點忘記說。

「排練加油啊，記得讓她們瞧瞧彼此之間的差距喔，藍華大人。」

「唉唷，你這個笨蛋在胡說什麼嘛。」

我對著露出一臉苦笑的姬藍揮揮手，並順手將更衣室的門帶上。

由於跟拍用的攝影機與我之前借用的不是同一臺，因此當我結束今天的貼身採訪（？）之後，為了歸還攝影機而來到經紀公司。

松田先生之所以會借我另一臺攝影機，我覺得是因為他想馬上確認拍攝內容。

由於社長暫時不在，我在社長室內簡單確認今天錄下的片段。

這次的攝影內容有前往練習地點途中的過程、一小段的排練畫面，以及結束練習的回家路上稍作採訪。

「經過剪輯……這些片段應該還算堪用吧。」

儘管看起來無法算是推銷用的宣傳影片，不過剪輯工作將會交由這方面的專家吧。

『啊哈哈，你這是什麼問題呀。』

這段內容是我在詢問姬藍喜歡什麼動物，只見她笑得渾身發顫。

『我也這麼認為，無奈清單上就是有這個問題。』

『那個～我想想喔……大概是貓吧。』

『為什麼呢？』

『因為貓咪用力將兩隻前腳往前伸，發出「嗚喵～～」伸懶腰時的模樣很可愛。』

『啊～……我能理解妳想表達的意思。』

說起貼身採訪節目，有時會出現相關人士看了可能會有意見的橋段，但因為松田先生並未吩咐我拍下那類內容，所以我沒那麼做。

「諒～？你還沒好嗎？」

姬藍打開房門探頭進來。

「啊，抱歉，我這就過去。」

我關閉攝影機並把它放在桌上，然後迅速離開社長室。

其實姬藍直接從練習地點回家會比較近，可是她堅持陪我來經紀公司。

此時已是傍晚，車廂內沒有多少乘客。

我們找到相鄰的座位一起坐下，經過一陣子的沉默之後，姬藍緩緩開口說：

「今天在更衣室裡發生的事情，你可不許對松田先生說喔。」

「妳不必特地叮囑啦，我不會說出去的。」

畢竟姬藍是個自尊心很高的人，肯定不喜歡被人知道自己曾經受過委屈。

「因為那些事情並不罕見。」

「咦？」

「在女性的世界裡，經常會碰上那種情況。」

……依照姬藍的口氣，恐怕她從歌手時代就已經遭遇過了。

「那三人都比妳年長吧？居然還做出這種跟國中生沒兩樣的行徑。」

「這就是所謂的女生呀～」

姬藍似乎認為這句話就能當成解釋了。

儘管伏見沒碰上這麼直接的情況，但好像聽她說過曾被人在背後說閒話。

「這也是美少女的必經之路喔～」

姬藍如此隨口說完後，扭頭窺視我的臉。

「咦，有事嗎？」

「也沒什麼啦，就只是想表達美少女總會碰上這類事情。」

姬藍目光如炬地直視著我。

接著像是有話想說般開心地揚起嘴角。

「妳到底是想怎樣？」

「所以說，你願意承認我是個美少女囉？呵呵呵。」

怪不得這個小妮子又說了一次類似的話。

「我就只是以一般大眾的審美眼光來衡量罷了。」

「真意外諒你會以『一般大眾』的角度來衡量事情呢。」

「我好歹也具有這類常識好嗎？」

「以一般男生來說，大多人都會與外表甜美的青梅竹馬成為一對。」

姬藍眨了眨她那充滿挑逗意味的美眸。

「既然妳都說是大多人了，也就表示有些時候並不會出現這種情況……而且妳這些數據是哪來的？」

「是小藍統計出來的。」

「根本是妳的主觀意見嘛。」

姬藍輕聲笑著，並用她的涼鞋稍微碰了碰我的腳。

「諒你還真是擅長吐槽呢。」

「……多謝誇獎。」

「你是在害羞什麼呀？」

「我沒在害羞啦。」

到站下車後，我們踏上回家的路慢慢走著。

「咦，諒，這是往我家的方向吧？」

在來到以往總會互相道別的岔路，姬藍見我朝著她家的方向走去之際，大感不可思議地歪過頭去。

「你走這裡回家等於是繞遠路喔？」

「無妨，反正五分鐘左右的路程算不上是繞遠路。」

「你是怎麼了？難不成如今才打算多提升點小藍的好感度嗎？」

「妳在說什麼啊。」

「明明你每次走到那條岔路時，就會拋下我跑去和姬奈一起走。」

姬藍白了我一眼，語帶怨恨地說完便雙肩一聳。

「算了，你想趁現在提升好感度也不遲啦。」

「妳到底在瞎扯啥啊。」

在抵達姬嶋家時，姬藍於門前轉身看向我。

「今天真的很謝謝你。」

「那點小事沒什麼啦。」

「自製電影也即將殺青了，讓我們一起加油吧！」

拜拜囉——姬藍揮手與我道別後，踩著彷彿能踏出音樂的輕快步伐走進屋內。

的確如同姬藍所言，許多同學都已經拍完自身參演的部分，還沒拍完的場景只剩下不到十幕。

我請松田先生欣賞完這部半成品後，他給出的評價是「原則上沒什麼好說的」。

當然我並非想聽人大肆批評，可是這樣的評語也很令人不安。

我一進家門，就回到臥室裡開始預想明天的拍攝工作以及確認目前拍好的部分。

我原本預估片長是三十分鐘，照這樣看來有可能會再長一點。

此時，我瞄到放在電腦旁的碟片盒。

那片光碟有收錄姬藍以前現場表演時的影片。

松田先生說姬藍在臺上露出非常迷人的表情。基於好奇，我放入光碟讓電腦讀取。

接著我啟動影音軟體開始播放，錄下的現場表演畫面就這麼出現在螢幕上。

這片ＤＶＤ似乎並非販售用，就只是展演空間裡的定點拍攝。

姬藍很快就注意到攝影機。

她露出活力四射的笑容在舞臺上載歌載舞。

大概是我太了解姬藍的個性，刻板認為這不符合她的風格，因此遲遲無法將影片裡的她與本人聯想在一塊。

觀眾抓準時機配合臺上的表演擺出手勢。這段表演當真是引人入勝，歌手們簡直與觀眾融為一體。

完全如同松田先生所言，姬藍在臺上露出的表情十分迷人。

有時能看見她豎起右手的食指和拇指，並維持該手勢移至左胸前。

我對這個手勢並不陌生。

觀眾看見後，也比出相同的手勢高舉向天。

「這手勢是……」

這是我和姬藍在她轉學之前，參考當時某部特攝影集的招牌動作設計出來的。

也是只有我們兩人才知道的特殊手勢。

難道她在其他現場表演中也有這麼做嗎？

「喂喂，篠原，我想向妳請教一下關於藍華大人的事情。」

我撥打電話給這方面的專家——篠原。

『還想說你怎會突然打電話給我。那麼，你想問藍華大人的什麼事嗎？』

「她以前表演時經常比出豎起食指和拇指的手勢嗎？」

『有啊……話說你為何特地打來問我這種事情？直接去問當事人不就好了？』

「因為比較容易問出口。」

『喔，這樣啊。』

「那她是只在現場表演時才這麼做嗎？」

『沒錯，所以只要確認對方知不知道這個手勢，就能立刻辨識出此人是否經常親臨現場支持，藉此揪出那些跟風的傢伙。』

沒必要這麼做吧，你們這些死忠粉絲也太可怕了。

話說現在的人會把現場表演簡稱為現場啊。

另外跟風支持也無所謂吧……儘管我是這麼認為，不過說出口只會討罵，所以不提也罷。

依照篠原將伏見上臺表演的會場稱為ＨＡＫＯ（箱子），表示她滿常去看現場表演。

「妳知道這手勢有什麼意思嗎？」

『在粉絲之間是……』

篠原的解釋非常冗長，扯東扯西沒完沒了，甚至還會補充小道消息。

由於我實在沒辦法繼續聽篠原說下去，因此我抓準她講到一個段落的空檔連忙道謝，並迅速切斷通話。

「……早知道就直接詢問當事人了。」

這段解釋就是冗長到令我如此悔不當初。

現在回想起來，關於篠原解釋手勢含意的所有內容，我連一成都沒記住。

我只記得她每段說明的開頭都一定會加上「有可能是～」、「有一說是～」、「大概是～」這類詞彙，恐怕就連元老級粉絲都不知道正確答案。

我想姬藍應該就只是在適合擺出招牌動作的時候，決定使用我們小時候想出來的特殊手勢而已。

在我得出上述結論之際，手機突然響了。

是松田先生打來的。

「喂喂，您辛苦了。」

『是啊～你也辛苦囉～寶寶，謝謝你今天這麼努力拍攝。人家回來後就馬上確認攝影內容，你拍得非常好，成功拍出小藍華最真實的一面。人家真沒想到她會露出這樣的表情呢。』

「那真是太好了，幸好我拍的這些都沒問題。」

『接下來也拜託你照這樣加油喔～』

啊、對了，或許松田先生知道些什麼。

「對了，我剛剛看完姬藍的現場表演DVD了。」

『哎呀，是嗎？小藍華表演得很棒對吧。以團隊來說，那也是一場相當精采的表演，人家在當時還差點哭出來——』

啊、這是即將長篇大論的前兆吧？

如此心想的我連忙打岔切入主題。

「關於姬藍比出的手勢，那有什麼含意嗎？」
『啊～你是說槍指手勢吧。』
槍指手勢……
啊～因為看起來很像是比出手槍的形狀吧。
『記得小姬藍說這是勝利手勢的變化版……好像有著「喜歡」的意思。』

手機發出收到訊息的提示音。
『導演剪輯的ＮＧ片段來啦！』
當我將整合好的ＮＧ片段上傳至班級群組後，立刻獲得大家的迴響。
隨即出現『真爆笑ｗｗ』、『明明是ＮＧ還在那邊耍帥ｗｗ』、『你是來唸臺詞的喔ｗ』等訊息，大家紛紛對ＮＧ影片大肆吐槽。
畢竟並非所有同學隨時都在拍攝現場，另外就算身在現場，有些表情就只有負責攝影的我才會看見，所以我覺得這些片段肯定會受到同學們的喜愛，結果確實也不出我所料。
儘管拍攝進度有些延遲，但還是有逐步完成，如今只剩下兩天的拍攝進度了。
幸好當初安排行程時有盡可能超前進度，相信肯定可以在校慶前大功告成。
由於音樂製作組稍微陷入瓶頸，因此這部分可能需要臨機應變。

校慶用微電影於某種程度上算是都在掌控之中，較有可能出包的反倒是另一件事。

『小諒，下次一起來寫作業吧～！』

我收到來自伏見的私訊。

這個小妮子竟敢認定我沒寫暑假作業……

當然她完全沒料錯啦。

因為我們明天都有空，所以與伏見約好來我家寫作業。

不愧是伏見，沒有枉費我們這麼長的交情。

暑假現在已過了將近三分之二，伏見看著我那一個字都沒寫的暑假作業，臉上完全沒露出傻眼的表情，反倒顯得幹勁十足。

「我從現在起會幫小諒你制定好進度表，讓你能在無須勉強自己的前提下寫完暑假作業。」

「那個，光是聽妳這麼說，就令人覺得很勉強耶。」

「你放心你放心，只要每天抽出四個小時來寫作業，很快就能寫完了！」

「這一點都無法讓人放心吧？」

為啥妳說這句話時是雙眼發亮啊？

「小諒你就先別管我，趕快動手跟動腦袋吧。」
「哉啦哉啦。」
我喝了一口茉菜端來的麥茶，接著拿起自動鉛筆。
然後把筆尖放在暑假作業的習題上，終於將第一格填上答案。
「啊，對了，其實除了在校慶上映的影片，我還想再拍另一部微電影，伏見妳願意參與演出嗎？」
皺眉發出沉吟聲正在制定進度表的伏見，將手中的筆放下。
「你覺得我會不願意嗎？」
「不覺得。」
「但前提是你必須先把作業寫完。」
「咦。」
「這有什麼好意外的，本來就該以暑假作業為主呀。」
伏見拍了拍堆積如山的暑假作業。
「妳是哪來的斯巴達教官啊。」
「這都怪小諒你自己不乖乖寫作業嘛。」
伏見氣呼呼地撇過頭去。
可惡……我往年都是被老師找去教職員室詢問說何時能提交作業，對我而言才算是真正的最終期限。

「至於這部微電影，我是打算拿去參加比賽。」

「比賽……？」

伏見扭頭對準我的那張臉上寫著「我對這件事挺感興趣」。

「沒錯，是電影公司主辦的，限定高中生才能夠報名的微電影比賽。」

由於解釋起來有點複雜，因此我叫伏見直接去看官網。

「小諒，這種事你應該早點跟我說呀！」

「所以暑假作業……」

「我得重新制定進度表才行！」

看來這位女教官並沒有打算放我一馬。

「只要有完整的劇本，以一部二十分鐘的微電影來說，大約一天就能拍完了吧。」

話是這麼說沒錯啦……

相較於神情憔悴的我，伏見顯得幹勁十足，並目光如炬地開始制定暑假作業進度表。

「小諒你必須努力把作業寫完才行！我也會幫你的，讓我們一起加油吧！」

我曾試著哀求說等拍攝完畢後再來寫作業，無奈伏見完全不肯點頭同意。

「……好吧好吧，我明白了，我會乖乖寫作業，但要我每天寫四個小時就有點勉強喔。」

「沒那回事，你早上起床先寫兩個小時，晚上睡前再寫兩個小時，你看？總共就四個小時啦。」

妳是要我看啥？我光是能不能堅持三十分鐘都有問題喔。

一天抽四個小時來寫作業，對我而言可是未知的領域。

「自從開始拍攝電影以後，小諒你在各方面都變積極了，我為你感到很高興喔。」

「我個人是沒這麼想過啦。」

「至少看在我眼裡是這樣呀。」

伏見笑臉盈盈地看著我。

「等到明年暑假開始備考之後，就不光只有四個小時而已喔。」

只見伏見一派輕鬆地說出令人毛骨悚然的話語。

這時我忽然想起一件事。

松田先生曾拜託我幫忙遊說伏見加入他的經紀公司。

「伏見，姬藍所屬經紀公司的松田社長說，如果妳對演藝界感興趣的話，可以去他那邊喔。」

「你是說小藍的經紀公司嗎？」

伏見先是眨了眨眼睛，隨即搖搖頭說：

「我是感興趣啦，但還是算了。」

「為什麼？」

「該怎麼說呢？覺得有點可疑。」

關於這部分，我多少能夠理解。

「雖然松田先生乍看之下或許會給人這種感覺，但他其實算是個正經人。」

「畢竟我尚未具備小藍所擁有的那些條件，而且對方最好是對我的演技表示肯定的人。」

這麼說也對，我可以體會。

就算我打工時經常見到松田先生，不過以經紀人的手腕來說，我就完全不清楚了。

外加上松田先生並非試鏡會的評審，對伏見是知之甚少吧。

從我們和伏見的角度來看，松田先生可是在充滿競爭的世界裡打滾，因此如同伏見所言，他多少會給人一種可疑的感覺。另外他秉持現實主義的部分，也同樣讓人難以接受。

就像姬藍的那件事也是。

「小諒？」

「沒事，妳別在意。」

我搖頭以對，將注意力拉回習題上。

在我的精神開始渙散時，腦中閃過之前看的現場表演片段。

根據松田先生所言，姬藍的那個手勢有著「喜歡」的意思。

若說那是她想對現場或欣賞影片的粉絲們傳達以上訊息，原則上是合情合理。

『人家曾向小藍華問過這件事，她說這是在傳遞訊息。』

松田先生在回答此事時是這樣說的。

關於手勢的事情，如今就只能直接向當事人確認了。

「小諒，你現在有空嗎？」

伏見忽然如此提問。

「怎麼了？」

「你知道這個比賽的優勝獎金是十萬元喔？」

「知道啊。」

「怎麼辦？假如當真拿下優勝，我們就一起去高級餐廳吃大餐吧。」

「哪可能這麼容易就獲得優勝嘛。」

「這就很難說囉。我到時會全力以赴，小諒你也好好加油。你看？聽起來滿有機會的吧。」

這丫頭還真是樂觀耶～

「要不然這樣好了，我們就別寫暑假作業，把時間拿來製作電影——」

「不行不行，說什麼都不行。」

唯獨這點，伏見無論如何都不肯妥協。虧我還想說這是個好主意耶～

「高中生之間的攝影水準並不會相差多少，反倒是小諒你有實際拍完一部微電影的經驗呀。」

「妳別說這種會害人產生期待的話啦。」

這樣會害我當真心生期許喔。

伏見很快就制定好我的進度表，然後拿著我的筆電坐到床上去，開始欣賞保存在裡面的校慶用微電影。

「嗶呀～原來成果是這種感覺啊～真叫人害臊呢～」

她將臉埋進枕頭裡並不斷踢著雙腿，在瞄了螢幕一眼之後，兩腿再度亂踢。

「看起來感覺還不錯……因為後續劇情也頗令人好奇，就稍微再看一點吧……」

伏見繼續欣賞成品，接著一臉害羞地發出「噗呵呵」的笑聲，可是後來又開始在床上亂踢，同時發出「嗶呀～～」的怪叫聲。

像這樣被人當面欣賞自己的作品，總覺得怪不好意思的。

不過看她出現這樣的反應，我又感到有些開心。

看影片到面紅耳赤的伏見又發出「嗶呀～～」的叫聲，並且用手拍打枕頭。

⑥ 結束跟拍與結論

我之所以突然想起這段往事，是因為其他團員們決定在臺上自我介紹時，每人都要各自做出一些簡單的舞蹈動作。

等於是在我們剛組成團體沒多久的時候。

我將攤開的右手貼在左胸口上。

接著緊握成拳，再豎起拇指和食指——

『這樣如何？』

我怯生生地提議後，諒露出一個納悶的表情。

『什麼意思？』

『當作是我們的暗號。』

『什麼暗號？』

『就是——』

儘管有點緊張，但我把自己確定要轉學後就一直構思的提案說出來。當我解釋這個靈感是來自於特攝戰隊的招牌動作時，諒立刻會意過來。

如今回想起來，那時的我們很可能在日後都再也見不到彼此，所以想出這種暗號也毫無意義。

怪不得諒在剛聽見時會一臉納悶。

『好啊，那就這麼說定囉。』

諒接受了我提議的手勢。

由於我當年喜歡的人是諒（等等，就只是當年，當年而已），而諒喜歡的人同樣是我，因此我擅自認定這個手勢是確認彼此心意的暗號。

雖說轉學後的情況就如我所料，我們別說是見面，甚至沒有任何交集，我與諒只有透過寫信聯絡過幾次以外，根本沒機會用暗號交流。

或許諒哪天會注意到我開始從事演藝活動，並且來現場看我表演也說不定——

於是乎，這成了我只會在現場表演時才擺出的動作之一。

由於這手勢並不複雜，因此每當我比出後，臺下觀眾也會高舉相同的手勢回應我。

團員們曾問過這手勢的含意，我敷衍地回答說沒有任何意思。

畢竟外人如何看待這個手勢，對我而言都不重要。

只要諒在某處看見並想起這個約定，我就心滿意足了。

……雖然我是這麼想，偏偏諒似乎早將這段往事忘得一乾二淨，別說是暗號，甚至彷彿連我這個人都拋諸腦後，與姬奈過著愉快的高中生活，這件事令我感到既嫉妒又惱怒。

「啊，對了，人家把當年的現場表演DVD借給寶寶囉。」

在我結束發聲練習，松田先生開車來載我時，他突然在車裡提及此事。

「現場表演DVD？啊、啊～是嗎？這、這樣呀。」

我的心臟劇烈一震，如警鈴大作般快速跳動。

意思是諒已經看到我比出的那個手勢嗎……？

「大約是一週前，妳的試鏡會結束當時。人家想讓他見識一下妳在臺上表演的模樣。」

「呵呵呵。」手握方向盤的松田先生輕笑出聲。

「請、請您別做這種多餘的事情。」

「又沒關係～畢竟妳當時真的表現得非常好。而且臺上的妳那麼酷，總會想秀給寶寶看看吧。」

松田先生口中的酷並沒有任何負面含意，就只是他的讚美方式之一。

我個人對此讚美的理解是『極具魅力』。

想給諒看看我的表演——確實我並非不曾有過這種念頭。除了舞臺服裝很可愛以外，我也自認為每次上臺唱歌跳舞都有全力以赴。

問題是下次見到諒時，我該以怎樣的表情向他詢問此事。

「寶寶的貼身採訪影片都拍得非常好，老實說他挺有一套的喔。」

那您就當面告訴他嘛。

也不知諒歷經過什麼事情，在我搬回這裡之後，總覺得他的自卑感有點嚴重。

「為、為什麼您要讓諒看我的現場表演DVD，以及提拔他擔任貼身採訪的攝影師……？他對您而言只是個尋常的打工仔吧？」

「是啊，對人家而言的確是如此，但在小藍華妳眼中就不是這樣了吧？」

這位稍有年紀卻長相英俊的男大姊，對著坐在副駕駛座的我拋了個媚眼。

「是沒錯啦，他好歹是我的青梅竹馬，而且我們從小就認識了。」

「啊~是呀是呀，完全如妳所說，確實是這樣沒錯呢。」

「您這個反應是什麼意思!?」

我以有些惱怒的語氣回應後，松田先生發出竊笑聲說：

「感覺寶寶並非完全沒把小藍華妳放在心上喔。」

「咦…………啊、呃，這、這、這句話是……那個……什麼意思……!?既、既然有把我放在心上，那他又是怎麼看待我——」

「瞧妳整張臉都紅透了。」

「！」

我忍不住用頭髮遮住側臉。

「是、是、是諒有說過這種話嗎？還，還是他的什麼反應讓您這麼認為……？」

為了掩飾臉上的燥熱，我連忙扭頭望向車窗，只見車窗上倒映出面紅耳赤的我。

與此同時，我宛如被勾起回憶似地在腦中浮現諒當年擺出暗號手勢的身影。

「嗯～不告訴妳。」

「……唉，我看您是隨口瞎說的吧。」

「並沒有那回事喔。」

「真的嗎？」

我一臉質疑地斜眼望向松田先生。

「那位名叫伏見的女孩也是你們的兒時玩伴吧？她同樣長得很可愛呢。」

「……是啊，這怎麼了嗎？」

「小藍華，人家稍微給妳一個忠告。」

松田這次又想說什麼？

我瞥了松田先生一眼，等待他把話說下去。

「假如妳有十分珍視的存在，務必設法把這個存在留在身邊喔？」

「……這是哪門子的忠告嘛。」

© Fly

「是來自英俊男大姊的忠告。」

稍有年紀的部分倒是絕口不提——我不禁在心中如此吐槽。

在被松田先生送至家門口後，我道完謝便下車了。

至於松田先生究竟是想表達什麼意思，我並非無知到聽不出來。

老實說我很想當場反駁他別多管閒事，也能感受到他想慫恿我主動點。

偏偏此忠告非常中肯，令我無法充耳不聞。

就在這時，手機收到諒發來的訊息。

一想到可能會提及與手勢有關的話題，我不禁有些緊張。

『明天的貼身採訪也請妳多多指教。』

……以上便是此訊息的內容。

「想想這確實很符合諒的作風。」

這帶給我一股既安心又莫名失落的複雜感受。

我透過深呼吸來調適心情。

『這句話是我該說的，另外麻煩你別拍到我出糗的樣子喔！』

想想自從我轉學之後，我們相隔好幾個月才以書信聯絡一次，至於打電話或約出去見面則完全沒有。

但現在的我們只要發送訊息過去，不出幾分鐘就會收到回覆。

明天也會見到彼此，回家時還能互相道別。

光是這樣就令我覺得有些開心。

「今天是歌唱練習。」

「啊，對吼，畢竟是音樂劇嘛～」我隔著鏡頭對諒解釋後，他隨即如此喃喃自語。

「無論是演戲、歌唱和舞蹈，妳不覺得要接受的練習太多了嗎？」

「會嗎？因為我很喜歡唱歌跳舞，所以比起從頭到尾都只訓練演技，這樣反倒更令我開心。」

「是嗎？那就好。」

當我們來到不同於上次的另一間練習室後，我向沿途遇見的工作人員打招呼並走了進去。

在我換好室內鞋時，忽然有人向我搭話。

「小藍華早～」

從後方走來的安田先生，露出一嘴白牙和我打招呼。

男模出身的安田先生長得很高，曾說過自己有四分之一是英國或哪個國家的血統。他的外表完全稱得上是陽光型男，另外也是之前提醒諒禁止攝影的人。

「安田先生早安，今天也請您多多指教。」

「啊，早、早安……」

架著攝影機的諒緊接在我之後語氣生硬地打招呼。

安田先生瞇起雙眼確認諒掛在胸口前的攝影許可證。

「今天也有人跟拍啊。妳真厲害呢，簡直就像是哪來的巨星。」

「過獎了，純粹是我們社長想拍攝旗下藝人的另一面罷了。」

我擺了擺手，回以苦笑否定此事。

因為有其他演員要找安田先生說話，他便以手勢向我致歉，隨即朝著通道深處走去。

「我有跟你說過嗎？剛才的安田先生在這部戲裡飾演我的戀愛對象。」

「真的假的？他是個大帥哥耶……」

諒給出上述這段了無新意的感想。

「話說妳復出後的藝名是姬嶋藍華對吧……」

難道他聽見這件事都毫無感觸嗎？

「咳咳，我們在對戲時會牽手，也會讓他摟住我的腰，有時甚至會擁抱我喔。」

「啊，所以這是一部愛情故事嗎？對了，我還沒聽說這齣戲是在演什麼耶。」

「是愛情故事沒錯啦……」

真受不了這個大木頭，你該在意的不是這部分啦……

松田先生曾說諒並非沒有在意我，他當真沒看走眼嗎？

此練習室與教室差不多寬敞，我走至角落閱讀以歌劇方式詮釋的臺詞，並小聲在嘴裡哼唱來抓節拍。

在這部戲裡獨唱次數最多的演員，莫過於擔任女主角的我。

今天是這齣音樂劇第二次的歌唱練習。

由於歌劇的唱腔與一般歌唱方式有所不同，因此我重看一遍之前被叮嚀時所寫下的筆記。

在這段期間，我忍不住瞄了一眼對準自己的鏡頭。

「別在意這邊喔。」

「我——我才沒有呢！誰說我在意你了！」

當我回神時，發現練習室內的每一個人都望向這邊。

我害臊地聳聳肩。

諒因為我的忽然大吼而稍稍睜大雙眼，隨後他敲了敲攝影機說：

「妳別誤會，我說的是攝影機。」

「我當然知道。」

「我是想提醒妳別把攝影鏡頭放在心上。」

「……就算你這麼說，多少還是會介意呀。」

「妳剛剛在背臺詞時，有裝出比較上鏡頭的表情吧。其實妳完全不必這麼做。」

……為何他一下子就發現了？

隨著打招呼的次數不斷增加，練習室內能看見安排在今天排練的幾人已逐漸到齊。

「姬藍，妳有聽松田先生說過我什麼嗎？」

「咦，你是指哪方面？」

「若是沒有就無所謂了。」

腦裡冒出問號的我歪過頭去。

「是有聽松田先生說他把我參加偶像團體時期的現場表演光碟借給你看，你已經看完了嗎？有什麼感想嗎？」

其實我一點都不在意諒的感想。

目前我正專注在背誦歌詞和複習之前被提醒的部分……

「嗯，我看完了。」

「是、是嗎？」

「妳看起來相當帥氣，無論是服裝或演出都很上相喔。」

「除、除此之外呢……？」

「這個。」

諒擺出那個手勢。

「你、你、你還記得這件事嗎？」

「嗯，我想起來這是在妳轉學前講好的暗號。」

「沒、沒錯！就是這樣！」

我原以為諒已被那些彷彿得了失憶症，老是把往事忘光光的男主角給附身了，看來只要有契機，他還是有可能回想起來。

「妳這手勢很適合在現場表演裡比出來喔，臺下觀眾也會因為妳的這個手勢顯得特別嗨。」

「適合？」

「嗯，妳那個手勢的意思是『喜歡』對吧。」

原則上並沒有錯，問題是解釋的角度有點不太對……

當我苦於不知該如何說明之際，因為時間已到，於是包含我在內的演員們紛紛聚集至老師身邊。

諒看出排練即將開始，便默默地退出練習室。

我本來有點擔心諒在排練期間會很無聊，但他今天有把自己的筆電和暑假作業一起帶來。

似乎是打算有效利用時間來剪輯校慶用微電影以及寫暑假作業。

姬奈昨天好像看過這部微電影的片段，她略顯興奮地跑來與我分享感想。

由於她的感想有一半以上都讓人覺得很扯，因此我個人是把她表達的意思解釋成最好還是親眼確認那部微電影。

老師依舊又在對我嘮叨……不對，是指出需要改進的部分，我逐一把這些寫入筆記裡。

「小藍華好認真呢～」

安田先生像是想調侃人似地小聲說著。

「畢竟我還很菜嘛。」

「沒那回事啦。」

「你太客氣了。」我搖頭回應。

到了休息時間，諒又走進練習室內。

「啊～是攝影師～今天也要跟拍嗎？」

年紀看似大學生的女性劇團成員（我還不記得她的名字）主動向諒搭話。

「是的，今天也來打擾了。」

「咦，難不成已經在錄影了？」

「是的，我已經在拍了。」

「那要把我拍得可愛點喔。記得你叫做高森諒對吧～？」

「是的。那個，妳是吉永小姐對吧。」

這小子是何時結識對方的？

「沒錯沒錯，你記得我呀。話說你好厲害呢，明明還是個高中生，就已成為經紀公司底下的攝影師了。」

「過獎了……就只是碰巧被指定這份差事，並非成為攝影師了……」

……你這小子是在暗爽害羞什麼呀。

「咳咳。」

我大步流星地走上前去，用身體擋在鏡頭前。

「現在是休息時間，你有搞清楚這臺攝影機主要是為了拍誰呀？」

我對著鏡頭說完後，吉永小姐先是來回看了看我與諒，接著臉上露出喜孜孜的表情。

「咦、啊，是這麼回事嗎？是這麼回事對吧？哇哇哇，抱歉喔，姬嶋小姐，我並沒有那種意思，真不起喔。」

吉永小姐雙手合十，露出一個甜美可愛的表情道歉。

至於「真不起」，我想應該是「真的很對不起」的簡稱。

我想從大型保溫茶桶裡裝點麥茶來喝，於是走至飲水區拿了兩個紙杯。

「他明明是來跟拍我的，為何還呆愣在入口處嘛。」

架起攝影機卻沒跟過來的諒，就只是把鏡頭對準我。

我想宣洩心中不滿地發出一聲嘆息。

當我正喝著裝好的麥茶時，安田先生來找我搭話。

「辛苦了，小藍華。」

「你也一樣辛苦了。」

「啊，這杯是要給我的嗎？謝啦～！」

「咦、啊，那個。」

安田先生迅速奪走我手上另一杯裝有麥茶的紙杯。

該說他這個人很隨興嗎？儘管這算是優點，卻又給我一種輕浮的感覺。

「妳今天排練完後有空嗎？」

「那個……是沒有任何安排。」

「那我們一起吃頓飯吧，我請客。」

「啊，不好意思，我突然想起已經有約了。」

「妳別撒這麼明顯的謊嘛～畢竟我們是男女主角，總得打好關係啊。」

「感覺只需在舞臺上打好關係就可以了……」

「這妳就不懂囉，私下的交情也會影響演技喔～？若是我們之間的關係太尷尬，有可能會被觀眾看出來喔。」

是、是這樣嗎？

「只要一小時就好，這頓飯不會超過一小時。」

「那個～……」

「我們就去義大利餐廳……那間……………嗯？你是在拍什麼？」

就在這時，安田先生注意到架著攝影機接近的諒。

他是何時跑過來的？

「啊，那個，畢竟這是貼身採訪，您別在意請繼續。義大利餐廳嗎？聽起來真不錯呢。」

「咦，所以你會跟來嗎？」

「啊，是的，因為這是姬藍……這是姬嶋小姐的貼身採訪。」

「…………」

大概是沒了興致，安田先生悻悻然地嘆了一口氣，不發一語地轉身離去。目送對方離開的諒這才把攝影機放了下來。

「剛剛那些沒必要拍吧。」

「我當然沒拍，就只是架起攝影機罷了。」

「因為他說打好關係有助於表演，又說關係太尷尬會影響演技……」

「所以妳認為跟那個人去吃飯會比較好？」

「嗯。」

我口是心非地如此回答。

其實我只想和喜歡的人打好關係。

「嗯～雖然我對演戲方面一竅不通……可是姬藍妳剛剛看起來好像挺排斥的。」

為什麼……他總能注意到這些呢？

「諒，你能從表情中看出我的心情嗎？」

「我好歹一直隔著鏡頭在觀察妳呀，假如我看錯的話就真不起囉。」

我能理解這個簡稱很好用，無奈這會令我想起諒與吉永小姐交談時的樣子，害我冒出一股無名火。

「你說真不起是什麼意思！」

「妳別生氣嘛，就跟妳道歉啦。」

「討厭！你這樣會害我和安田先生之間的關係變尷尬耶。」

其實這種事對我來說根本無關緊要，偏偏那些違心話就這麼不斷脫口而出。

「抱歉嘛，是我不好。」

「我不想喝了，這杯給你。」

我把還剩一些麥茶的紙杯遞出去，卻馬上被拒絕了。

「不用了，想喝我會自己倒。」

「你居然拒絕我的好意……」

「問題是妳的好意也太少啦，把只剩一口就喝完的麥茶給別人是怎樣……好歹重裝一杯再拿來咩。」

「你想喝就快點，休息時間要結束了。」

我用原本的紙杯裝滿麥茶，然後遞給諒。

諒先是看著手中的紙杯，接著開始邊旋轉邊仔細觀察杯緣。

「你還真謹慎耶，就算這是和我間接接吻的大好機會……」

「我是為了避免此事才這麼小心啊。」

「你是哪來的國中生啊。」

「妳很吵耶。」

「唉～完全看不出來。」諒死心放棄後，隨便找個位置就把嘴脣貼上杯緣，將麥茶一飲而盡。

「接下來的排練也要加油喔。」

「不需要你來提醒我。」

我莫名覺得心中的幹勁比起之前增加許多。

或許我的個性比自己想像中更加單純也說不定。

⑦ 傲嬌火山

姬藍的貼身採訪結束後，便準備進入剪輯作業。

雖然當初聽說是要聘僱專業人士來負責，但計畫永遠趕不上變化。

「這太誇張了，看人家把他列入黑名單裡！」

平常鮮少動怒的松田先生，唯獨這次難以嚥下心中的怨氣，直到現在都不停抖腳。

我主動關心後，才得知他口中所指之人就是被委託剪輯跟拍影片的外聘專業人士。

「那麼，進度上沒問題嗎？」

「原本預計三天後就要把成品發送出去……偏偏眼下找不到人手代為處理……」

松田先生發出嘆息，接著沮喪地垂下肩膀。

我不禁心想，原來能頂替的人選竟然這麼少。

「在這個業界裡，只要是稍有才華的人都會被大家搶著要。當然這僅限於正經人。就像這次若是期限沒那麼趕的話，還是有人願意接案……」

此時，松田先生將目光移向我。

「寶寶……你要試試看嗎？」

「咦？」

「人家現在能仰賴的只有你了……！與其說是詢問你的意願，不如說是人家不許你拒絕！」

松田先生露出無比認真的眼神。

「咦～～～～」

這也太突然了吧。而且這是推銷姬藍的宣傳影片吧？交給我這種門外漢來剪輯不要緊嗎？

「我恐怕承擔不起這種重責大任耶。」

「如果真有萬一，人家會幫你扛下的。」

「嗚哇，不會吧，您真有男子氣概。」

「不許說人家有男子氣概！請改口說帥氣就好。」

「抱歉。」

這兩者沒啥差別吧？難道是因為有男子二字才出局的？

「畢竟這部影片是要讓大家知道本經紀公司有個這樣的藝人，正在從事這類演藝事業等等，以影片來取代名片——」

「既然如此，應該不必趕在三天後發表吧？」

「不行，因為目前有寫真女星的內部試鏡會執行中。」

寫、寫真女星!?

這令我不禁想起去海邊時替姬藍拍下的影片畫面。

「……」

我甩甩頭消去腦中的想像。

「姬、姬藍得去當寫真女星嗎……？」

「就是刊登在漫畫週刊或雜誌封面上的那種，你好歹有看過吧？」

「是姬藍她主動想這麼做的嗎？」

「你這個小笨蛋，現今無論是哪位當紅女星，在一開始的時候都得從這些工作做起。」

松田先生豎起指頭依序清點這些明星。

全是一些就連我也有聽說過的知名女星和藝人。

「但人家主要是看上肯爾必思的廣告代言人，該試鏡會恰好就在三天後舉辦。」

肯爾必思……！這是我喜歡喝的乳酸飲料品牌。

有許多清純型的新興女星就是為肯爾必思代言才一炮而紅——記得曾在某綜藝節

目中聽過上述內容。

「我恐怕承擔不起這種重責大任喔。」

「反正人家也是抱著姑且一試的心態，到時就算落選了你也不必介意。諸如這類的內部試鏡會是直到雀屏中選以前，人家都不會讓小藍華知道的。」

經松田先生這麼一說，我的壓力也就沒那麼大了。

「這種事就是要亂槍打鳥，反正投履歷應徵又不花錢，與上億的精子奔向卵子那樣沒啥分別。」

「請不要突然開這種露骨的黃腔好嗎？」

「言歸正傳，因為這是宣傳影片，片長會比寶寶你目前製作的微電影更短，差不多五分鐘左右就可以了。」

「三天內剪輯出一支五分鐘的影片嗎？」

「時間上或許有些吃緊，但眼下能仰賴的人就只有寶寶你了。」

「若只是五分鐘的影片，三天也不是沒辦法剪輯出來。」

「——太好啦～～～～寶寶你真帥～～～～～～～～～～～～～～～～～～～」

「我無法保證成品能達到松田先生您的要求，當然我會全力以赴，這樣可以嗎？」

我向松田先生做最終確認，他露出做好覺悟的表情點頭同意。

「人家也會仔細檢查的，若有需要修正的部分一定會告訴你。」

由於到時很可能還需要修改，太晚完成感覺有些不妥，因此我把影片帶回家繼續剪輯。

然後讓松田先生從網路上挑選風格符合他要求的影片，我再依此為參考剪輯。

我把松田先生指定要使用的片段抄錄於筆記裡。

於是乎，我開始幫忙製作姬藍的宣傳影片。

「好的，我會加油的。」

反正校慶用的微電影還有時間完成，眼下就優先處理宣傳影片吧。

「葛格，你在做什麼～？現在已是隔天凌晨囉～？」

穿著睡衣的茉菜打開我的房門探頭進來。

「嗯，我還有工作得處理。」

走進來的茉菜看向電腦螢幕。

「葛格……你在做什麼……？這是小藍的影片吧……」

茉菜發出十分不悅的低沉嗓音。

我瞄了茉菜一眼，發現她眯起眼睛鄙視地瞪著我。

「嗯，我正在把姬藍的影片──」

「你這分明是偷拍！完全就是跟蹤狂！葛格是笨蛋！大傻瓜！處男偷拍狂！」

「等等！妳誤會了！聽我解釋！」

「我要去告訴小藍，也會跟媽媽說！而、而、而且還會報警處理！」
「姬藍也知道我在拍攝她啦。」
「意思是小藍在我不知道時覺醒了特殊性癖……而葛格你則是幫手囉。」
「不對———！」
我花了將近一個小時，才終於安撫並說服好一下子很生氣，一下子又受到打擊，情緒彷彿雲霄飛車般落差大到近乎失控的茉菜。
「原來是這樣呀。耶嘿，真不起抱喔。」
辱罵我是處男偷拍狂的老妹，竟想靠著裝可愛來蒙混過去。
話說「真不起抱喔」是什麼意思？就是「真的很對不起」嗎？
「咳咳——葛格你真有一套呢。」
茉菜為了挽回自己剛才誤會時所造成的失態，於是露出甜美動人的笑容。
當初明明指責我是個跟蹤偷拍狂，但在得知我肩負重任後就一反先前的態度。
「因為這樣，我正在剪輯宣傳影片……」
「葛格完成多少了？讓我看讓我看。」
我開始播放三十秒左右的已剪輯好片段。
「……影片裡的小藍好可愛呢。」
茉菜如此低語。

意思是我拍攝且剪輯得很不錯囉。

「或許是因為負責攝影的人是葛格你。所以說，葛格你平常都是看見這樣的小藍囉。」

「什麼叫做這樣的小藍……換誰來看都一樣吧。」

「相較於小藍在我和小姬奈面前所展現的姿態，老實說是判若兩人。」

畢竟我無法親眼見到茉菜所說的那種姿態，在沒得比較的情況下，我自然看不出其中差別。

「葛格加油喔～」茉菜看我還要繼續工作後，朝我拋了好幾個飛吻才離開房間。

「只在我面前展現的姿態……嗎……」

只對我一個人——

儘管這種想法有些自戀，不過姬藍在表演時比出的手勢——有可能是想讓我看見也說不定。

歷經三天的剪輯作業，姬藍的宣傳影片終於大功告成。

老實說我並非全神貫注在這件事情上，期間還是有乖乖寫暑假作業，算不上是埋首苦幹。

至於最關鍵的成品，雖說還是有按照松田先生的指示稍作調整，不過幸好最終沒有任何需要大幅修正的地方。

而他對於成品的感想如下——

「不錯嘛～真的很不錯喔～！」

之前已經確認過好幾遍半成品的松田先生，在社長室裡如此大聲讚嘆。

其實我沒料到他會出現這樣的反應。

「那人家就把影片發送給廠商囉。你真是幫了個大忙呢～寶寶，謝謝你喔。」

「這是我該說的，畢竟這種事是可遇不可求，對我而言也是個寶貴的經驗。」

松田先生開始翻找自己的包包，接著從掏出的長皮夾裡拿出多張紙鈔。

「這是此次的報酬，你別客氣，收下吧。真是不好意思這麼麻煩你。」

一共是五張萬元大鈔。

「咦，我真的可以收下這麼大筆錢嗎？」

「這是你應得的報酬。假如換成是某個缺乏常識的小王八蛋，價碼可就更高了。以這個角度來說，你反而幫人家省了一筆錢呢。」

松田先生對於自己被人放鴿子一事仍心懷怨恨。

「話說貼身採訪幾乎是讓你做白工，另外像這種急件的價碼，收費五萬元可說是非常便宜喔？」

「是嗎？」

「就算沒有自信，也要懂得以高價兜售自己的技能。」
技能……
我受到這句話的影響決定收下報酬。
「謝謝。這是我第一次拿到這麼多錢，有點擔心假如在回家路上弄丟的話該如何是好。」
「討厭，居然說出這麼可愛的感想。」
松田先生輕笑一聲，便專注在自己的工作上。
但他發現我結束對話後也沒有回到自己的座位上，於是將目光飄向我。
「怎麼了？你還有什麼話想說嗎？」
「松田先生，您之前說的那個是騙人的吧？」
「之前那個？」
「就是姬藍在現場表演時比出的手勢。」
「那個手勢的意思就是『喜歡』吧。」
「……我向姬藍確認過了。」
「她如何回答你呢？」
「她說自己並沒有這樣跟您說過。」
為何松田先生要說出這種我稍微確認一下就會被拆穿的謊話？

我只依稀記得那個手勢的含意。

因為我的記憶相當模糊，害我遲遲沒辦法問出口，不過這次的貼身採訪告一段落時，我終於開口向姬藍確認這件事。

『你說這手勢是「喜歡」的意思？啥？根本不是這樣啦。』

姬藍在發現我記錯之後，忽然顯得相當不悅。

『那個，並不是我這麼認為，而是松田先生告訴我的。』

『我從來沒向任何人說明過那個手勢的意思。』

『那個手勢本身並沒有任何含意。』以上是藍華對外的正式說法。

但在我和姬藍對照過我們當年為這個手勢賦予何種含意之後，心情大壞的她才終於高興起來。

松田先生在這段期間仍沒有停下手邊工作，隨即向我道歉說：

「那就是人家記錯了，不好意思喔。」

「不會……」

畢竟我在記錯事情這方面也沒資格批評他人，所以無法把話說得太重。

但基於松田先生之前拜託過我的那件事，讓我多少覺得他是有意誤導。

「關於您希望我與姬藍交往一事，我還是決定拒絕。」

更何況這不該是受第三者慫恿所做出的選擇。

「相信你對小藍華並非毫無一絲感覺吧？」

「是沒錯啦。」

「人家再提醒你一次，你要是點頭的話，相信小藍華也會很開心的。」

「當事人對此有何感受？」

「人家怎麼可能會跟小藍華說嘛。不過人家可以肯定，尤其是看完這次的貼身採訪影片後，人家發現她有些表情只在你的面前展現出來，而這除了戀愛以外沒有其他更貼切的解釋了。」

茉菜也曾說過，姬藍的某些表情只會展露在我的面前。

「或許真是這樣沒錯……可是我覺得不該在當事人的背後討論這種事情，不好意思。」

「真青澀呢。」

「不好意思。」我又再道歉一次。

「就算你現在並沒有那麼喜歡對方，但隨著關係發展至下個階段而讓你更加深愛對方，不覺得這也是一種美滿的結局嗎？」

「……」

松田先生說姬藍會為此感到開心，卻終究不是聽她本人親口說的。

他似乎看出我對這件事的反應並沒有很好，於是狀似感到相當傻眼地發出一聲嘆息。

「也只有現在有空讓你糾結到底喜不喜歡對方這件事喔。尤其是沒人說得準小藍華何時會開始非常忙碌。」

松田先生托著臉頰仰頭看我。

「算了，總之你大可放心，人家自然沒打算強行撮合你們。反正你也並非完全對小藍華沒意思，你再慢慢考慮就好。」

雖然我試著思考自己和姬藍交往後的情境，不過這些想像彷彿蒙上一層霧般，無法在我腦中產生出畫面。

「儘管愛情是不受人為控制，但還是存在著人為培養的愛情。你可要記住這句話喔，寶寶。」

……真是好深奧的一句話。

由於已到下班時間，因此我退出社長室。

因為錢包裡多了一筆臨時收入，我就買點好吃的帶回去給總是很照顧我的茉菜吧。

◆Side Another◆

松田坐在椅子上目送下班的諒離去後，再度發出一聲嘆息。

接著他重看一遍諒製作的宣傳影片，完成度之高令他非常滿意。

儘管這部影片仍有許多不足之處，卻能看出諒在這方面有著敏銳的感受力，並且有其出色之處。

看在松田的眼裡，正因為當事人的技巧還有待加強，所以總會將類似自身品味的部分直接反映在作品上。

諒擁有非常敏銳的感受力，偏偏又有著非常遲鈍的一面。

尤其是在接收他人對自己的好感這方面。

諒恐怕屬於就算有人當面對他表達好感，仍無法輕易相信對方的那種人。

相傳這類擁有天賦的人，往往都存在著某方面的缺陷。松田莫名覺得這句話很有說服力。

「寶寶確實很有創作者的氣質。」

松田如此喃喃自語後，拿起手機撥打了一個號碼。

「啊，喂喂～？妳辛苦囉～小藍華～」

『松田先生您也辛苦了。您突然打來有什麼事嗎？』

面對話筒裡傳來的這個問題，松田解釋說貼身採訪的宣傳影片已經剪輯完成，並慰勞了藍幾句。

「多虧寶寶，這次的成品非常傑出喔。」

『是嗎？那真是太好了。』

「話說小藍華呀，妳表現得也太露骨了吧？」

『什麼意思？』

真是的，這孩子居然還裝蒜——如此心想的松田直接切入主題。

「妳未免也太喜歡寶寶了吧，簡直是被愛情沖昏頭了。」

『咦——才、才、才沒有那回事呢！』

幸好松田早就料到藍會大叫，已提前把手機拿離耳邊，這才減緩對鼓膜造成的衝擊。

興許是這句話過於一針見血，話筒裡不斷傳來震耳欲聾的駁斥。

「人家似乎不小心引爆了一座傲嬌火山呢。」

松田壓低音量如此說著。

『我哪有喜歡諒！您從哪裡看出我喜歡他了！根本沒這回事！完全沒有這回事好嗎!?』

接連厲聲反駁的藍自然是沒聽見松田說的話。

「妳居然在影片中露出如此羞澀的表情……真沒想到妳是個這麼悶騷的女人呢。」
『我才不是悶、悶、悶騷的女人呢！』
「小藍華，其實人家很希望妳能和寶寶交往，就這麼成為男女朋友喔。」
『咦……？為、為什麼我非得跟諒交、交、交往不可!?』
自己的心思若是被人一語道破，人們總會言不由衷地立刻反駁。
小藍華真是個難搞的孩子呢——松田將這句差點脫口而出的話語嚥了回去。
同時也認為——這兩個難搞的小朋友反倒很登對。
「總之人家不會再介入囉。另外妳能享受青春的時光，或許只剩現在也說不定。等妳登臺表演成功之後，通告將會越來越多，也就無法繼續過著目前這種生活囉？」
『唔唔唔……』大概是這句話很有說服力，話筒中只傳來這股奇怪的沉吟聲。
「就算妳在現場表演中比出的那個手勢沒有任何意義，可是被寶寶問起時，明明順勢謊稱說是『喜歡』就好啦。更何況這解釋也算不上有錯吧。為何妳不好好把握這個機會呢？」
『請您別對諒隨口灌輸一些奇怪的事情。』
「既然如此，那個手勢究竟有什麼含意？」
藍被松田這麼一問之後，以清楚又略顯欣喜的語調回答說：
『這是祕密。』

「哎呀，反正妳開心就好……總之妳別以為這樣的生活能永遠持續下去，小藍華，若是妳不趁著還可以搞曖昧的時候一口氣搞定對方，到最後就只會悔不當初喔。」

『好啦好啦好啦，我明白了我明白了，松田先生您辛苦了～！』

藍隨口搪塞過去之後，很快就切斷通話。

松田整個人躺靠在椅背上，嘆了口氣並露出苦笑。

「真是些讓人操心的孩子們。」

俗話說越不能省心的孩子就越惹人憐愛，大概就是指這種情況吧。

⑧ 慶生

說起購物的好去處，就是濱谷車站周圍。

「葛格，我接下來想去逛那間店！」

茉菜大步流星地朝著她所指方向走去，我連忙以小跑步跟了上去。

「妳不必走得那麼急吧。還有別叫我『葛格』啦。」

「又沒關係，『葛格』聽起來很可愛不是嗎？」會可愛嗎？

「快啦快啦。」茉菜摟著我的手臂不斷催促我。

在豔陽高照之下，我陪著茉菜來買東西。

老實說我只想繼續完成影片剪輯作業，根本不想出門。畢竟天氣太熱，而且我也沒有想買的東西。

和太陽形同姊妹淘的茉菜，則是完全不把炙熱的陽光放在心上，一如往常地充滿朝氣。

「都已是高中生了，還陪自家老妹出門買東西。」
像這樣和家人一同出門逛街挺叫人害臊的。
話雖如此，我幾乎不曾與人一起出門過。
「葛格你在不甘願什麼嘛～這樣可是能提升好感度喔。」
「此話怎說？」
「懂得體貼家人的男人很受歡迎喔……大概吧。」
「可是我並沒有想受人歡迎。」
「葛格你究竟把思春期忘到哪去了啊。」
我相信天底下也有像我這種人的。
抵達商場後，我隨著茉菜搭乘手扶梯不斷上樓。拜冷氣所賜，我終於停止流汗了。
「這邊這邊。」
茉菜語調雀躍地說著，隨即走進想去的那間店。
這裡是辣妹取向的流行服飾店，販賣著各種茉菜會喜歡的商品。此處店員也是一身辣妹打扮，臉上妝容也是走辣妹風。
「那我就坐在那邊等妳。」
我指著位於不遠處的長椅，茉菜卻撒嬌地喊著「葛格也一起來嘛」，為了避免我脫逃，一把摟著我的手臂走進店內。

「我在這裡只會礙到其他人吧。」

畢竟店內的空間不大，外加上顧客和店員都是辣妹，比起一般服飾店更令我無處容身。

「慶生。」

「唔……好吧好吧。」

這丫頭漸漸學會如何操弄我了吧？

在走來這裡的一路上，茉菜已發動過三次這個咒語。

茉菜於昨晚確認過我今天沒有安排拍攝工作等任何行程後，便提議要我陪她逛街購物。

我以往對此都是抵死不從，無奈茉菜祭出最終絕招——

「明天是我的生日。」

「生日快樂。」

我反射性脫口而出的這句話，很明顯說得毫無誠意。

「就說明天是我的生日呀，所以葛格要陪我逛街買東西。」

「……難道妳沒朋友幫妳慶生嗎？」

「有啊。」

© Fly

「那妳就跟朋友們去辦一場快樂的生日趴啊……」

「明天是我十五歲的生日，葛格不肯幫我慶祝嗎？」

面對一臉可憐兮兮望著我的茉菜，我隨即舉起雙手投降說：

「請讓葛格我來為最寶貝的妹妹慶生好嗎～？」

縱然我以毫無抑揚頓挫的敷衍語調說出這段話，茉菜似乎還是感到十分開心在原地輕輕一跳說：

「好耶，我就勉為其難接受葛格你的款待吧♡」

原本正在思考要去哪裡逛街的茉菜，像是突然想起似地對我說：

「葛格，愛你喔～」

「是啦是啦。」

——總之，今天是自家老妹的生日。

因此若是我有哪裡不合她的意，她就會發動這句咒語逼我聽話。

想想至少今日就全面服從茉菜的意思吧。畢竟她在暑假期間仍會為我準備三餐，而且當有攝影工作需要早起時，她也會來叫我起床，所以在她生日當天好歹也該答謝一下平日的照顧。況且我還多了一筆臨時收入。

與店員開心聊天的茉菜，拿起架上的一件衣服煩惱不已。

「啊，從剛剛就一直陪在小茉菜妳身邊的這位是老公嗎？」

店員和我對視一眼後，立刻對我的身分產生誤會。

「啊，並不——」

在我準備否認之前，突然從旁打岔的茉菜用力點頭。

「沒錯。」

沒錯妳個頭啦。

「這位是我的腦公。」

腦公!?

「還想說小茉菜妳的老公會是什麼樣子～結果跟我想的不太一樣呢～？」

「對呀，因為我討厭輕浮男。」

「看得出來耶～畢竟妳家老公完全不像是輕浮男呢～」

我彷彿化身成點頭娃娃在一旁點頭如搗蒜。

沒錯，在我個人的辭典裡，高森諒與輕浮二字完全是反義詞。

「所以你們是在約會囉，真令人羨慕～」

「對啊～」

茉菜一臉害羞地輕笑出聲。

接著她打算試穿衣服，於是走進位於深處的試衣間。

想想茉菜就只要我陪她逛街，並沒有請求或纏著我買東西給她。

既然她馬上帶我來到這間店，外加上跟此處的店員頗為熟識，表示她挺喜歡這裡的商品才對……

「那個，店員小姐。」

「什麼事～？」

「請問您覺得店內有哪個飾品是適合茉菜的？」

店員小姐立刻露出心領神會的表情，接著她微微揚起嘴角，帶我來到飾品區。

「適合她現在試穿服裝的物品是——」

在聽完店員小姐的各種推薦後，我偷偷買了一條與衣服十分百搭的銀製手鍊。

正當我們在稍微閒聊幾句時，提著購物籃走來的茉菜對我露出莫名冰冷的眼神。

「你們在做什麼？」

「簡單聊了幾句。」

「是嗎～？」

結果換來一道質疑的目光。

在茉菜買好幾件看上的衣服準備離開服飾店時，方才那位店員一路送我們到店門口。

「這位老公，小茉菜是個非常乖巧的女孩子，請您務必要好好珍惜她喔。」

「這、這種話就不用說了啦～！」

茉菜驚慌地打斷店員說話。

「誰叫小茉菜妳這麼可愛，肯定很受男生歡迎，偏偏看妳從來沒有跟人交往的跡象呀～」

「是、是沒錯啦……」

「總之先拜拜囉——」茉菜打完招呼準備離去。

我隨即對店員小姐補上一句話。

「茉菜是個乖女孩這件事，相信天底下就屬我最清楚這件事，所以您大可放心。」

「！」

茉菜大力拍了一下我的肩膀，而且看起來莫名滿臉通紅，大概是感到很害羞吧。

「你在胡說什麼嘛，葛格。」

「來來，快走囉。」茉菜像在催促自己養的狗似地提醒著。

當我們搭乘往下的手扶梯時，位於我前面的茉菜轉過身來。

「葛格你突然在那邊亂說什麼嘛，簡直快嚇死我了！」

「這樣總比讓妳操心好得多吧。」

「話是這麼說沒錯啦。」茉菜說完後，仍顯得相當不滿地深鎖柳眉。

「先說好，葛格你身邊不許有我以外的辣妹喔！」

這是哪門子的禁令啊？

我無奈地嘆了一口氣。對了，趁著還沒忘記前趕緊送她吧。

「生日快樂。」

「咦！這是什麼!?這是什麼!?」

茉菜收下並確認完禮物後，立即發出驚呼。

「咦咦咦咦～！這條手鍊根本超棒的～！完全符合我的喜好，根本是超棒的～！」

同一句話說了兩次的茉菜，兩眼發亮顯得非常興奮，而且「超棒的」這三個字說了超多次。

我對該名店員只有由衷的感激。若是茉菜直到明年生日前都沒有從辣妹打扮畢業的話，到時我應該會再次承蒙這位店員的關照。

「最愛你了～葛格～」

喜出望外的茉菜一把抱住我的腰，嚇得我趕緊撥開她的手。

「別這樣啦，旁邊有人在看。」

「是～」心情大好的茉菜立刻將我買的禮物戴在手上，並一臉喜孜孜地注視著那條手鍊。

⑨ 動搖與自卑感

在製作完姬藍的宣傳影片，校慶用微電影的拍攝工作也即將告一段落之際，我被迫投入一場違背個人意願的鬥爭之中。

「小諒，關於這題是——」

伏見今天也一樣來我家陪我寫作業。

由於姬藍得參加舞臺排練，至於鳥越一聽說是要寫暑假作業，就馬上想起自己今天沒空，因此本日我是接受姬奈老師一對一的個人教學。

我收拾好原本堆滿雜物的書桌，另外自然有多搬一張椅子供伏見使用，並把習題攤放在桌面上。

「伏見，妳都沒有其他事情要忙嗎？」

「比方說？」

停筆的伏見將目光對準我。

「就像姬藍正在參加音樂劇的排練。說起試鏡會，相信不光只有之前那一場吧？」

「嗯，是有很多呀。除了舞臺劇以外，各大經紀公司也都有舉辦試鏡會喔。」

在聽見經紀公司和試鏡會這類名詞後，令我不禁覺得伏見即將成為一名藝人。

至於姬藍則是早在重逢之前就已成為藝人，因此讓人缺少一種真實感。

雖說伏見拒絕松田先生的邀請，但我認為若是她和姬藍在同個地方工作，至少能有人幫忙照應。

興許是就算兩人再熟識，她們仍把彼此當成對手，所以伏見不想透過這種好像是多虧姬藍的介紹才成為藝人的方式吧。

「不過啊～想通過還是挺困難的～」

拿著自動鉛筆在寫字的伏見，以泰然自若的語調把話說下去。

「包含前一次在內，想通過經紀公司的試鏡會並沒有那麼容易。」

「……這樣啊。」

伏見似乎也有以自己的方式在努力。

「嗯～畢竟我沒當過童星或隸屬於哪個劇團，僅憑自己嘴上說有在磨練演技仍缺乏說服力。原因是這種人多不勝數。」

根據伏見的解釋，我似乎是基於自己的偏見，才認為她至今都不曾遭遇過挫折。

……恐怕一直以來都是如此也說不定。

無論是我或外人都只有對伏見獲得的結果和成果給予掌聲，未曾去了解中間的過程。

我從來沒關注過她私下付出的努力與承受的挫折——只是膚淺地看她所得到的結果。

為何我會如此自以為是，輕易認定伏見就是一位天生贏家。

「伏見，那個……妳要打起精神喔！」

「嗚哇，我居然被小諒安慰了！」

「任誰聽見這種事情，多少都會想安慰對方啊。」

「這種事並不重要，而且夏日祭典就在明天，你可要趁現在盡可能多寫點作業！」

「……喔。」

每當我寫作業碰上瓶頸時，伏見總會很有耐心地說出各種提示讓我可以靠自己找出答案。想想她這種愛照顧人的個性與茉菜不分上下。

茉菜這個小妮子說她今天會和朋友去泳池玩，從一早就出門去了。

此時我們剛好正在稍作休息，便聊起了茉菜的事情。想想已經就讀國三的她，今年要準備考高中了。

儘管我們是兄妹，我卻從未與茉菜聊過這類事情，因此對她的志願一無所知。

「若是小茉菜肯來唸我們學校就好了。」

「就是說啊。」

我隨口回了一句，並將冷氣打開。

大約在二十分鐘前，因為伏見覺得有點冷，所以暫時先把冷氣關了。

「啊~你又開冷氣了。」

「我借妳衣服穿啦。」

「那我就沒意見了。」

在得到伏見的首肯後，我從衣櫃裡取出一件春天時經常穿的薄襯衫。

說起她目前的服裝，是一件量販店常見的T恤配上牛仔短褲。

兩條腿都露在外面，也難怪她會覺得冷。

不過根據伏見的說法，似乎是茉菜在出門前命令她換上這套衣服。

老實說伏見的這身造型較為符合大眾品味，總比她擅自亂挑好看多了。

「哇哇。」伏見看我將襯衫輕輕地拋向自己，略顯手忙腳亂地一把接住。

「啊，這是你之前常穿的那件吧。」

「真虧妳還記得耶。」

伏見立刻穿上那件襯衫，可是袖子對她而言有點太長了。

因此她小心翼翼地折起袖子，同時輕聲說出感想。

「衣服好大件喔。」

「就是說啊。」

襯衫與伏見不成比例的組合莫名吸睛。

「這樣就ＯＫ了。」

看著伏見穿上我的衣服，總讓人有一股不可思議的感覺。

「那就繼續加油吧。」

在伏見的催促下，我回到座位上接著寫作業。

「小諒，暑假結束後沒過多久就有模擬會考，小若說這將成為填寫志願的依據——」

雖然伏見聊起這個死板的話題，不過她此刻維持著前彎的姿勢，讓我能從鬆垮垮的T恤領口處看見她的脖子和鎖骨。外加上日照的緣故，導致更加私密的部位從衣服裡隱約透出來，明明我也知道非禮勿視，無奈自己實在沒辦法將目光移開。

結果就是害我不停偷瞄她。

因為茉菜指定說必須穿上這套服裝，於是生性認真的伏見似乎每天都乖乖維持這身打扮。

這件T恤怎麼看都覺得有點舊，領口處也特別鬆。

「小諒，你有想好要報考哪間學校嗎？」

「……」

我不時偷瞄的反應最終還是被發現了。

伏見連忙用襯衫遮住胸口。

「小、小諒你在偷看我的胸、胸、胸部對吧!?」

「不、不對！我沒在偷看！」

「你明明比較喜歡大胸部呀～」

嘟起嘴巴的伏見白了我一眼。

「妳是聽誰說的啊。」

「而且你最近跟小藍走得特別近。」

「那是因為工作內容剛好與她有點關係，所以多少會走得比較近。」

「是嗎～～～～～～？」

看她的反應像是完全不相信我的說詞。

「其實我都知道喔。」

「知道什麼？」

「……你特地幫小藍攝影，還替她製作影片。」

「這是松田社長交付給我的工作。」

我開始解釋來龍去脈——這都是工作的一環，而且有收取報酬——可是伏見仍顯得相當不滿。

……話說回來，為何我得因此遭受責備？

「對了，這些事妳是從哪聽說的？」

「小藍她很～～～～～高興地把你完成的影片發送給我。」

原來如此，是姬藍啊。

大概是姬藍認為那部影片拍得很好，才會一如往常那樣去刺激伏見。

「妳看完的感想是？」

「影片裡的小藍超可愛的。」

「這樣啊。」

「啊——！你現在露出一臉暗爽的樣子～～～～～！」

「稍微高興一下又沒關係，畢竟我拍的影片得到了妳們的肯定啊。」

「影片裡的小藍胸部很大，身材又好，還給人一種滿滿的『努力上進的我很耀眼吧』的感覺。」

「這跟胸部無關吧。」

別說得我好像有刻意特寫姬藍的胸部啦。

「你都只拍小藍太不公平了，我也想讓你拍。」

「我之後製作微電影時就會拍妳了不是嗎？」

「那是小諒你的東西啊，好歹也配合一下我嘛。」

伏見就此將心中的不滿徹底發洩出來。

「配合妳什麼？」

「我也有想拍的影片。」

「這點小事包在我身上。」我立刻抓緊這個不必繼續寫作業的正當藉口。

但是——

「……為何妳要穿泳衣？」

伏見在之前說稍微等她一下，我等了大約十分鐘。

因為有聽見推開玄關的聲響，按照時間來看，她應該有回家一趟。

再次回到房間的她是一身泳裝。

「感、感覺好害羞喔，小諒你快拍啦。」

「既然會害羞就別穿成這樣啊。」

我如此小聲抱怨。

自己的臥室裡有個女生身穿泳衣站在眼前，這讓我不知該看哪裡才好。

話雖如此，畢竟是我答應要幫伏見拍攝的，於是我依約拿出攝影機開始錄影。

「那我開始拍囉。」

伏見點了點頭之後，立刻化身成寫真女星。

她輕輕撥動自己的秀髮，然後躺倒在床上。

接著她緩緩擺動雙腿，扭頭對著位於後方的攝影機優雅一笑。

現在是什麼情況？

伏見要我拍這種影片是想做什麼？

「那個，伏見小姐，在這種房間裡營造不出適合的氣氛喔。」

「咦～～那你早點說嘛～」

就算妳這麼說，我也完全沒料到妳是想拍這類影片啊。

「我說妳啊，拍這種泳裝影片是想做什麼？」

「我想分享在自己的SNS上。」

「……」

伏見開始操作手機，然後將螢幕展示在我的面前。

「你看，這類影片在網路上很紅喔。」

那是一段約莫五秒左右的泳裝女星影片。

該影片裡的美少女穿著泳衣在玩水，點讚數已達上萬次了。

如果我提出以下這個問題，可能會被伏見當成不會看人臉色的小白，但是……

「就算真的爆紅了又怎樣呢？」

「這還用問……或許我就能獲得人氣呀。」

咦，原來伏見會介意這種事啊。

伏見似乎對我的疑問感到十分不解，困惑地歪過頭去。

「ＳＮＳ的關注度好像也成了甄選的指標之一，因為目前正值夏天，所以我想說上傳這類影片會容易受到關注。」

「關於甄選的指標，妳是聽誰說的？」

「試鏡會的評審。」

不管伏見如何看待自己，我只覺得她是個認真聽話的好女孩。

說不定是她『過度重視』外人的建議了。

「就算關注度真的提升了，妳也未必能通過試鏡會吧。」

「這很難說啊，畢竟小諒你又不是評審。」

「但也未必像妳說的那樣啊。另外妳不覺得很奇怪嗎？難道妳是想拍這種影片嗎？」

「我並沒有想拍啊……可是我也以自己的方式……想了很多嘛………」

伏見越說越小聲。

這種反應是她即將哭出來的徵兆。

想想我的措辭有點太苛刻了。

暗自反省的我停止錄影，另外為了讓自己有時間思考，我慢慢地將攝影機放在桌上。

「……伏見妳說過想找的經紀公司是願意肯定妳的演技吧？所以才拒絕加入姬藍所屬的公司。我單純覺得現在這個做法與妳之前說的不太一樣，倘若妳真心想透過這種方式，我也會支持妳的。」

松田先生也說過時下當紅的多名女藝人，以前都當過寫真女星。

如果想成是在打好基礎，此做法反倒是標準套路。

問題是伏見甚至還沒站上起跑線，因此這麼做所能獲得的成效應該相當有限。

伏見緊咬唇瓣低下頭去。

「因為……無論我怎麼應徵都沒能獲選嘛……」

伏見的嗓音轉為哭腔，而且雙肩開始微微顫抖。

我把她離去前脫掉的襯衫披在她身上。

「明明我想展現自己的演技，對方卻說沒有想看這些。而且有很多大叔都問我會不會唱歌跳舞……但不管我怎麼表演，對方就只說跟他們想要的不太一樣。」

伏見在我不知道的地方拚命奮鬥，並且受盡挫折。

看著正在吸鼻子的伏見，我摸了摸她的頭，只見她輕輕把頭靠在我身上。

當她靠過來以後，就用雙手環抱住我。

「抱歉喔，我原本並沒有想說這種喪氣話的……」

「安啦，妳別在意。」

「小藍她都順利通過試鏡會，開始接受舞臺排練……反觀我——」

啊～原來如此，是因為姬藍呀……

一直以來與自己競爭的對手，如今已正式開始從事演藝活動。

我個人認為伏見打從起點就跟姬藍完全不同，所以她大可不必去介意這些事，偏偏對方是自己的兒時玩伴，令她無法不比較。

伏見用力吸了一下鼻子，然後用食指抹去眼角的淚珠。

「其實我已應徵過五間經紀公司，不過全數落榜，這情況已不能用可惜二字來安慰自己了。」

「……這樣啊。」

「我本來堅信與小藍同時參加的那場試鏡會是她僥倖獲選，結果證明自己只是井底之蛙，完全是我太高估自己——」

「沒那回事，單純是妳倒楣碰上一群沒眼光的評審罷了。」

「那小諒你有眼光嗎？」

我沒有將目光移開，直視著面前那雙充滿期待的眼眸說：

「有啊，所以得由伏見妳來幫忙證明我並沒有看走眼。」

伏見終於破涕為笑。

「咦～這算什麼，居然把鍋甩到我身上。」

思考著該如何鼓勵伏見的我，用手機搜尋某位女星。

「伏見，妳看看這個化妝品廣告，裡面的女星聽說也是比較晚才走紅喔。」

我記得在這位女星大紅大紫沒多久後，某綜藝節目介紹過她的經歷。

伏見小聲唸出該女星刊登於網站上的生平介紹和參演作品。

「就讀大學期間才加入劇團……為了參加試鏡會，搭乘夜間巴士往返東京……」

「所以我認為妳不必操之過急。」

「嗯，謝謝你，小諒。」

伏見踮起腳尖，彷彿化身成吸血鬼在我的脖子上一吻。

「啊。」

「耶嘿嘿。」

看她應該已經重新打起精神，我不禁鬆了一口氣。

「難得換上泳衣了，要不要現在去游泳池玩一玩呢？」

除了寫作業以外的選擇，無論要我做什麼都來者不拒。

「那就去市立游泳池嗎？想想好久沒去了。」

「真令人懷念呢，那我去準備一下。」

「ＯＫ。」

兩個高中生出現在市立游泳池裡，感覺好像與現場格格不入，但應該無所謂吧。

只要能陪伏見散心，這點小事根本不算什麼。

「啊，小諒，我忘了帶泳鏡！」

「直接回家拿就好了吧。」

……話說這個小妮子當真想去游泳啊。

「嗯，這麼說也對。」

要帶的東西有泳褲、浴巾、手機、錢包、家裡的鑰匙和腳踏車的鑰匙。

確認上述物品都帶齊之後，我與泳裝穿在外出服裡的伏見一同出門。

由於伏見想要拿泳鏡，因此我們先繞去她家，然後頂著烈日向市立游泳池一路前行。

「吶吶～我們來比賽游泳吧，就比二十五公尺自由式。」

「妳這提議簡直就跟哪來的小學男生沒兩樣。另外請容我拒絕，畢竟我不擅長游泳。」

雖然對於開心下戰帖的伏見有點抱歉，不過我當場一口回絕。

老實說，我沒印象自己在哪個運動項目裡有贏過伏見。

「咦~光是來游泳又不好玩。」

「沒想到妳是想來認真游泳……」

想想這也不失為一個有助於散心的方式吧？

「我想說在暑假結束以前，至少要有一次全力以赴去做某件事。」

「這算不上是所謂的禁慾吧。」

說起我們當地的夏日祭典，是舉辦在盂蘭盆節當週的星期六。

儘管祭典結束後還剩下兩週左右的假期，不過我大概都會忙於寫作業與拍攝電影。

「拜小諒所賜，我今年的暑假還真是充實呢。」

「我也一樣，所以算是彼此彼此。」

相信茉菜今天不是來市立游泳池玩，因此不太可能跟她撞個正著。

在伏見的催促下，我加快速度趕路。

我們在櫃檯付完門票錢後，先行換好泳褲的我待在泳池邊等伏見來會合。現場顧客大多都是當地的小學生跟中高齡成年人，看不到任何高中生或大學生的身影。

「正值青春期的學生們不太可能會來市立游泳池才對。」

此時，我發現一名女孩子正在認真游泳，看她的樣子可能是來自主練習。

「啊，那是國中的學校泳衣吧。」

我循著聲音回頭望去，發現伏見正在做熱身操。

「大概吧。」

伏見就讀國中時也是穿那套泳衣。

在上游泳課時，班上男生總會關注伏見，甚至還有特地攜帶望遠鏡從教室偷看她的狂人。

嗯——!?

總覺得哪裡不太對勁的我，再次回頭看向正在做熱身操的伏見。

「小諒，你有乖乖做熱身操嗎？」

「比起那種事，為啥妳是穿國中時的學校泳衣啊？」

明明在我家時，伏見穿的是我們一起去海邊的那套。

現在不知為何換成深藍色的學校泳衣，而且胸口還繡有寫著『伏見』二字的名牌。

「我想說穿這套比較適合游泳。」

「妳為何要如此認真看待游泳這件事啊。」

這丫頭也太死板了吧……另外她的身材與我記憶中如出一轍。

因為學校泳衣會秀出身材曲線的關係，讓人一目了然。

我說伏見小姐呀，妳的身材從國中時期起就再也沒有絲毫變化對吧。

面對那雙即使正值夏天卻完全沒被晒黑的白皙美腿與穠纖合度的大腿，我連忙把飄向該部位的視線移往別處。

「小、小諒……希望你別用色瞇瞇的眼神……看著我。」

「我、我才沒有咧！」

為了逃離在那羞澀扭動身體的伏見，我迅速進入泳池裡。

「畢竟不曾被小諒你這樣觀察過，讓我有點……不知如何是好……」

我剛剛的眼神是有多猥褻啊。

「我只是覺得妳的腿很細。」

「比小藍更細嗎？」

「這我就不清楚了。」

「你在這種時候就該表示認同呀。」

伏見顯得相當不滿。

但要是我認同的話，不就表示我對姬藍的身材瞭若指掌，不覺得這樣才糟糕嗎？

接著伏見也進入泳池，我們稍微游了一下回到岸上休息。

就在這時，那位狀似國中生的女孩子剛好結束游泳爬上岸來。

她先是摘下泳帽跟蛙鏡，然後用手擰乾頭髮。

稍微看了一下，是我從未見過的陌生少女。

以國中生而言，少女算是發育得很好。

為了避免又被伏見指責我眼神猥褻，於是我迅速移開視線。

原本坐在我旁邊有說有笑的伏見突然陷入沉默，而她的目光就固定在該名少女的身上。

啊～……我明白她為何不發一語了。

正因為穿著相同的泳衣，更能突顯出兩人在胸圍上的差距。

「那是……國、國中生……」

伏見將原本伸直的雙腿一彎，改成雙手環抱住大腿的坐姿。

「小諒……我想回家了……」

先前還玩得不亦樂乎的伏見，就這麼受到嚴重的打擊。

「妳無論是天資或發展性都充滿潛力。」

我連忙鼓勵垂下雙肩心情沮喪的伏見，至於我具體說了什麼就略過不提。

無奈伏見只是露出空洞的眼神，用指頭戳著一旁流進排水孔裡的水。

啊，她這反應是不管我做啥都沒救了。

於是我們在市立游泳池還待不到一個小時，我就帶著被現實傷透了心而意志消沉的伏見離開這裡。

換好衣服的我，買了罐裝飲料坐在大廳的沙發上稍等片刻後，頭髮還有點溼的伏見走了過來。

「小諒，你的頭髮根本沒擦乾喔。」

「反正我頭髮很短，很快就乾了。」

「這樣啊，短髮真好～」

伏見一臉羨慕地說出感想，同時注意到我放在身邊的罐裝飲料。

「我可以喝一口嗎？」

「是可以啊，但我已經喝過囉。」

我稍作提醒後，伏見羞澀地斂下眼眸。

「沒關係，畢竟我們都實際接吻過了……」

由於現場沒有其他人，即使伏見壓低音量，我還是聽得很清楚。被這句話勾起回憶的我，感受到自己的臉頰開始發燙。

「說、說得也是……」

我將罐裝飲料遞給伏見，只見她毫不介意地喝下去。

「真好喝。」

我收下遞回來的飲料又喝了一口。

明明喝起來的味道都一樣，卻給人一種心癢難耐的感覺。

⑩ 夏日祭典與迷路

中午過後，茉菜連門都沒敲就直接闖進我的房間。
「葛格，你今天記得要穿這套衣服喔。」
茉菜向我遞來一套男用浴衣。
雖然這個夏日祭典稱不上是當地最為盛大的一場，不過因為會放煙火，所以算是頗具規模。
其實我有好幾年沒去了，今天是闊別數年終於即將再次參加。
「浴衣？穿一般的外出服去就好了吧。」
「啥？不趁夏日祭典穿浴衣，葛格你打算何時才要穿呀？」
「反正不穿也沒差。」
「嗚哇～葛格的不解風情老毛病又犯了～」
「囉嗦。」
茉菜今天也和她的朋友們相約一起參觀祭典，現在已將浴衣穿在身上。

我也同樣跟人有約，是與伏見、姬藍以及鳥越總共四人一同前往。

「我會幫葛格你綁腰帶嘛。」

「我相信其他人都會穿浴衣去喔。」

「不必啦。」

伏見……既然是穿浴衣的話，也就不必擔心她會奇裝異服了。

「就只是去參加本地的祭典耶。」

「就算是本地的又沒關係，即使規模再小，好歹也會放煙火呀。」

「快起來快起來。」茉菜催促我從座位起身，開始幫我穿上浴衣。她先是要我不斷旋轉藉此綁好腰帶，接著倒退兩、三步上下打量我。

「很適合葛格喔。」

「真的假的？」

「真的真的。」

我幾乎想不起自己最後一次穿浴衣是在什麼時候。當然校外旅行時穿上旅館提供的浴衣得另當別論。

「這真是不得了呢……感覺反倒是葛格很容易被女生搭訕。」

茉菜神情認真地叫我稍待片刻，然後迅速跑下樓梯，沒多久又回到房間。只見她手裡拿著攝影時經常使用的髮蠟。

在手上抹好髮蠟的茉菜開始幫我修整髮型。我有一瞬間挺擔心會被弄成奇怪的髮型，但在看見茉菜露出比想像中更真摯的表情之後，相信應該是我多心了。

「別動喔。」

「茉菜妳很喜歡化妝嗎？」

「嗯～？怎麼說？」

「因為妳在攝影時很會幫人化妝，所以我才想說妳是不是對這方面感興趣。」

「啊～應該算是喜歡吧，無論是幫人變可愛或變帥氣。」

「完成。」茉菜說完後，用她從自己房間取來的手拿鏡照給我看。

「我認為葛格屬於適合穿和服的男生喔。」

「是嗎？」

「為了與浴衣搭配，我把你改造成很有『大和男子』的感覺嗡。」

這是哪門子的語尾助詞啊。

她還真是……該怎麼說咧……將我打扮得挺有模有樣耶……

連我自己看了都覺得怪不好意思的……

「其實我也好想和葛格你們一起逛，只可惜朋友們很早以前就先跟我約好了～」

茉菜轉過身去，露出迷濛的眼神扭頭望向我，接著伸手撥了撥我的瀏海並補上一句「嗯，完美」。

「我現在能體會伏見跟姬藍在被妳化好妝後，總會顯得相當興奮的心情了。」

「嘻嘻嘻。」

茉菜回以一個害羞的笑容便走出房間。

若是我當真不想穿成這樣，大可換回一般的外出服，並將髮型恢復原樣。不過茉菜特地幫我打扮一番，我實在無法辜負她的好意，於是決定維持這身模樣。

當我寫完達到伏見指定分量的暑假作業後，就開始剪輯校慶用的微電影。

我剪輯了一陣子後，發現已到約定時間。

這時傳來一陣門鈴聲，我隔著窗戶往外看，發現兩位身穿浴衣的少女就站在大門前。

應該是伏見與姬藍吧。

我把手機以及錢包裝進茉菜為我準備的和風束口袋裡走出房間。起先還挺納悶浴衣跟這個束口袋是從哪來的，想想或許是老爸留下來的。

在我依稀的記憶裡，老爸參加夏日祭典時好像就是這身打扮。

我穿上擺在門邊的木屐（這很可能也是茉菜拿出來的），接著推開大門，繫起頭髮、一身浴衣的伏見和姬藍隨即映入眼中。

「啊，小諒……！」

原本就有著一雙水汪汪大眼睛的伏見，詫異地將眼睛睜得更大了。

「啊～！你今天有特地打扮過吧！這是怎麼回事？你是怎麼了嗎？今天怎麼突然轉性了呢？」

姬藍給出的好評反應遠在伏見之上。

「浴衣與髮型都是多虧茉菜幫我弄的。」

「真不愧是我們看上的造型師呢。」

因為再次感受到茉菜的實力，姬藍大表贊同地點點頭。

「啊……那個，小諒……呃……」反觀伏見似乎還不習慣我的造型，到現在尚未冷靜下來。

「我們走吧，諒。」

「嗯。」我簡短回應後，便與兩人一同出門。

伴隨木屐發出的腳步聲，我們一路朝著會場前進。這條林蔭道路今年同樣按照慣例被規劃成行人專用區，道路兩旁則有整齊排列的攤販。

「不知已有多少年沒跟諒你們一起來逛祭典了。」

「姬藍妳還記得自己是何時轉學的嗎？」

「就讀小五那年的暑假。因為那年沒去成，所以我們最後一次來逛祭典是在小四的時候。」

照此看來，就是相隔整整七年了。

雖說我算是比較健忘，不過伏見與姬藍都對小學發生的事情挺有印象。

鳥越傳訊息說她已經抵達車站了，於是我們前去迎接她，而她正如茉菜所言也是換上一身浴衣。

「高森同學穿浴衣耶……」

「啊～嗯，想說機會難得。」

「很……很適合你喔。」

「謝謝。鳥越妳穿浴衣也很好看喔。」

「咦！啊、呃……謝謝誇獎。」

鳥越輕聲細語地回應。

就在這時，姬藍拉了拉我的袖子。

「諒，你應該也有話要對我說吧。」

「真虧妳還把小學的事情記得那麼清楚。」

「不是啦……」

姬藍白了我一眼，並以冰冷的視線射向我。

「所以妳是指……浴衣嗎？」

姬藍既不肯定也不否認。印象中好像聽人說過，不發一語就是默認的意思。

她身穿一套以水藍色為底，上頭畫有一朵大白花的浴衣，搭配白色腰帶當真十分出眾。

「妳穿得很好看喔，姬藍。無論是平日的裝扮或這套浴衣，當真都很有眼光。」

「算了，這次就不跟你計較了。」

意思是這丫頭本想針對我的讚美提出批評嗎？

「啊……那個，小……小諒。」

伏見似乎想說什麼，鳥越見狀後，在我的耳邊說：

「高森同學，姬奈也希望你能讚美一下她的打扮。」

「討厭啦，小靜，妳別說得那麼直接嘛。」

伏見輕輕捶向鳥越的肩膀表達不滿。

接著她又摟住鳥越的手，就這麼和代替自己說出心聲的鳥越走在一起。

「那妳就直說嘛。畢竟我們是青梅竹馬，有什麼好見外的。」

伏見一跟我對視，馬上害羞地把臉撇開。

「姬奈十之八九是認為諒會隨便挑件外出服就來赴約，結果諒居然以精心打扮過的模樣出現在門前，導致她的思緒暫時陷入混亂。」

「畢竟這樣的反差太令人震撼了。」

「嗯，就是說啊。」

姬藍和鳥越為伏見的奇妙反應做出總結。

「我能理解姬奈的心情，今天的諒遠比以往帥氣許多。」

「……唔、嗯，是、是真的很帥氣。」

姬藍說完後，鳥越也點頭肯定。

「妳們都過獎了，這會害我不好意思。」

我對這類稱讚極為陌生，完全不知該如何回應。

伏見穿著一件以白色為底，上頭繪有冷色調牽牛花的浴衣。話說我之前完全沒注意到，她還在頭上多加一個髮飾。

「妳這樣顯得挺成熟喔，頭上的髮飾也很適合妳。」

以上是我發自內心的感想。身為男性的我其實對於這類審美基準也不太了解，但至少伏見不像平常那樣穿著任誰看了都會直搖頭的奇裝異服。

「恭喜妳喔，姬奈。」

伏見用力點頭且不停揮動雙手，藉此表現出心中的喜悅。

煙火大會從晚上八點開始。

因為在此之前還有一段時間，所以我們走在擺滿攤子的步道之間，買了章魚燒和炸熱狗分著吃。途中我本想買刨冰，卻被鳥越阻止說現在還太早了，當然我是不太能接受這個說法。

遊客隨著時間越來越多，我們便前往一旁的公園涼亭避難。

不過也有其他人抱持相同的想法，能看見一群國中生或情侶們也來到公園休息。

「刨冰要等到最後再吃。」

鳥越小口吃著殘留在炒麵空盒裡的紅薑。

「我覺得隨時都可以買來吃吧？」

「既然是甜點，就應該留到最後。」

鳥越的這番話莫名有說服力。

與此同時，她繼續把紅薑一條一條夾起來吃。

「小諒你肯定會買草莓口味對吧～」

終於看慣我這身浴衣打扮的伏見，以一如往常的態度如此說著。

「呵呵呵，你到現在還是一樣沒變嗎？真是個小孩子。」

「很抱歉我就長不大咩。」

我把女生陣容基於維持形象而剩下的烤雞肉串吃進嘴裡，然後喝了一口有些退冰的彈珠汽水，藉此清掉殘留在嘴裡的甜鹹醬汁。

姬藍此時正在享用章魚燒，仔細看會發現她是用免洗筷夾起來吃。

「諒，這個章魚燒很好吃喔。」

「裡頭有附竹籤吧，妳為何要用筷子？」

「因為竹籤沒刺好的話，章魚燒有可能會掉下去，所以用筷子吃比較方便。」

姬藍空出來的左手就接在夾起的章魚燒下面。

看她的動作，難道說——

「若是不趁熱吃，可就糟踏了這個章魚燒喔。」

在我陷入困惑時，位於旁邊的伏見一口把夾起來的章魚燒吃掉。

「真好吃！謝謝小藍。」

「等等，妳怎能搶我的東西吃。」

「那我的也分妳吃。」

「我心領了。」

對於兩人的相處方式，在攝影初期總會誤以為她們起了爭執，但如今已見怪不怪，我與鳥越忍不住輕笑出聲。

原本已經婉拒的姬藍，在看見伏見遞來的章魚燒之後，仍坦率地吃進嘴裡。

「好吃嗎？」

「還好啦。」

「所以是好吃囉。太好了～」

終歸是兒時玩伴，伏見十分清楚該如何應對姬藍。

「話說要在哪裡看煙火呢？有推薦的地點嗎？」
鳥越向現場的三位當地居民提問。
「啊～確實是有個好去處。」
我提議前往某間已經沒人住的空屋屋頂。
「小諒……這會被當成是私闖民宅喔。」
「我們小時候進去過啊。」
「那是因為我們還小，而且幸好沒被人發現，假如東窗事發很可能會被臭罵一頓。」
認真模範生如此嚴詞告誡。
「我們好歹也已是高中生，不太想在這種好日子裡惹出事端。」
「說得也是。」
鳥越跟姬藍也支持伏見的意見。
印象中除了此處以外還有其他適合的地點，無奈我實在想不起來。
此時拿起手機確認完訊息的鳥越，忽然對我們三人開口道歉。
「發生什麼事了嗎？小靜。」
「其實我的家人們今天也有來這裡……小桃……胡桃她好像走丟了，我得去幫忙找人。」

小桃的年紀還很小，任誰聽說她走丟了都會十分擔心。

由於伏見和姬藍也都去過鳥越家，因此與小桃挺熟識的。

我依序看向伏見跟姬藍，她們似乎都與我抱有相同想法。

「我們也來幫忙找人。」

「不必不必，沒關係的，畢竟大家難得來參加祭典。」

鳥越揮動雙手明確表示拒絕之意。

「靜香同學，我人生之中唯一的目標就是想聽小桃喊我一聲『姊姊』，因此我願意傾全力幫忙。」

我說姬藍啊，妳也太喜歡小桃了吧。

「可是這樣太麻煩——」

伏見從旁打斷仍想婉拒的鳥越。

「小靜，妳就放心交給我們吧。畢竟我們可是這裡的居民，從小參加過好幾次這個祭典，也比較清楚小朋友可能會去的地方，而且人手總是越多越好吧？」

語畢，伏見朝我輕輕一笑，我也默默地點頭回應。

「謝謝你們。」

鳥越再度向我們道謝後，忽然補上這麼一句。

「像這種因為友情而與朋友一起攜手解決問題的展開，我還以為只會出現在漫畫裡呢。」

這種道謝方式十分符合鳥越的風格。

我們把製造的垃圾清理乾淨後，隨即分頭尋找小桃。

說起尋找走失的孩子，首先就是洽詢服務站。

我來到服務站所在的帳篷裡，向看似是主辦人員的大叔請教關於走失兒童的消息。

「那個，有個四歲小女孩跟家人走散了，我正在幫忙協尋，請問你們有看見這樣的孩子嗎？」

「你是說走失的小貓咪嗎？哇哈哈。」

啊，大叔的手上拿著一罐啤酒。

看他的樣子很可能已經喝醉了。

「不是小貓，是小女孩。」

「剛剛是有人來通報被性騷擾啦！」

這個詞彙令我不禁一陣心驚，幸好我們沒有碰上。

「假如有特徵吻合的小朋友被送來這裡，可以請您來電通知我嗎？」

「好咧～」

我留下自己的手機號碼便走出帳篷。

隨著施放煙火的時間越來越近，現場人潮也逐漸擁擠。

要是小桃在這裡的話，難免會被推擠摔倒……

心急如焚的我一直注意著沿途遇見的小朋友，不過絕大多數符合特徵的孩童都是和母親走在一起，遲遲沒能發現小桃的蹤影。

即使是容易吸引小朋友聚集的撈金魚攤跟玩具攤販周圍，也還是沒找到人。

孩童可能會去的地方……小時候的我會怎麼做？

我來到步行區的外側思考對策時，一旁忽然傳來鳥越的呼喚聲。

「高森同學。」

「有找到嗎？」

「沒有。」

「我也是。」

我們互相確認找過的地點，並決定前往該處再找一次。

「總覺得自己……也快迷路了……所以……我能抓著你嗎？」

「抓著我？嗯，可以啊。」

但她是要抓哪裡——？在我感到納悶時，鳥越含蓄地抓著我衣袖的一小角。

「那個……你、你自己想拍的微電影有進展嗎？」

在我們默默找了一陣子之後，鳥越似乎承受不了這樣的氣氛，於是主動向我攀談。

「這個嘛～伏見答應會擔任女主角，但她說要是我沒寫完暑假作業的話就不給我拍。」

「這樣呀……你果然是去拜託姬奈。」

「儘管這很符合伏見的作風，問題是她一板一眼到有點難搞。所謂的暑假作業就是應該不寫才對。」

「這根本是錯得離譜吧。真虧你能想出這種歪理。」

鳥越不由得輕笑出聲。

「包含幫忙尋找小桃在內，謝謝你今天約我出來。畢竟小姬藍也在，我本以為你們會是加上茉茉總共四人一起來玩。」

對了，想想邀請鳥越的人正是我。

印象中是在某次攝影的途中。一開始是伏見先來約我，在旁邊耳聞此事的姬藍表示也想加入。我起先覺得鳥越也會主動參加，可是發現她什麼都沒說之後，我便隨口問了一句「鳥越妳那天有空嗎？」。

伏見在看到鳥越大大地點頭答應參加後，喜上眉梢地統整好意見，約定到時我們四人一起去參觀夏日祭典。

「很抱歉我邀得有點隨便。」

鳥越對著露出苦笑的我搖搖頭。

「沒那回事，光是那樣我就很高興了。」

「關於我要拍的微電影，劇本方面有點碰上瓶頸，能麻煩妳幫我看看嗎？我想聽聽妳的意見。」

鳥越淡淡一笑說：

「只要你不嫌棄就好。畢竟你說過我是個可靠的人對吧。」

「咦？」

我確實有印象自己曾說過這種話，但應該不是當面對鳥越說才對。

「需要的話隨時都可以打電話給我。」

「嗯，到時就拜託妳了。」

此刻人潮稍有舒緩，鳥越卻仍抓著我的袖子跟在一旁。

「我自從小學之後就沒再來逛過夏日祭典了。」

「我也是。」

「早知如此，我就買一套新浴衣了。這件是媽媽借我的，會怪嗎？」

「完全不會，而且我跟妳一樣喔。」

「咦？」

「雖說是茉菜幫忙翻出來的，不過我身上這件也是老爸的喔。」

「所以我們都一樣囉。」

在來到人潮較少的地方時，恰好看見前方就是服務站。於是我們進去確認有沒有人發現小桃，只可惜最終依舊撲了個空。

「看這情況，還是分頭尋找會更有效率。」

「說得也是。」我點頭同意後便與鳥越分開行動，繼續搜尋小桃的下落。

就在這時，我的手機忽然響了。

來電者是伏見。

我滿心期待地接起電話。

「找到小桃了嗎？」

『啊，那個……還沒找到，抱歉喔……』

「這樣啊，妳找我有什麼事嗎？」

『小、小諒，救救我……』

我朝著伏見所說的位置走去，發現她就坐在會場外側的路緣石上。

「喂~妳沒事吧？」

「啊，小諒！抱歉給你添麻煩了。」

情況就如同伏見在電話裡說的那樣，她其中一隻木屐前端的繩結鬆脫了。

「嗚～……這是我搭配浴衣一起新買的，可能因為是便宜貨的關係吧。」

啊哈哈……伏見一臉愧疚地苦笑著。

「畢竟妳以前穿的不是這套浴衣。」

大概是長高的緣故，她當年那件浴衣的尺寸肯定不合身了。

「所以你記得我穿什麼嗎？」

「我只依稀記得妳以前那件的造型比較孩子氣。」

這些往事先撇開不提。

「假如妳有備用的木屐，先回家一趟會比較好。」

伏見很可能是為此才打電話向我求救。

「嗯，對不起喔，偏偏是在忙著找人的這種時候。」

「若是拋下無法行動的妳不管，就只有三個人能幫忙尋找小桃。就算先送妳回家會損失一些時間，不過等妳可以行動之後將能幫上更多忙。」

以上是我的結論。

「嗯，我也這麼認為。」

那麼，現在該如何送這位小姐回家呢？

眼下既沒有腳踏車，也沒有其他交通工具可供使用。

……啊～怪不得她會把我找來，想想之前已發生過一次了。

「那我就像上次那樣背妳回去囉。」
「難得看小諒你這麼機靈。」
這個小妮子就不能少說一句嗎？
我扶起伏見，然後等到沒人注意時就把她背在背上。
「會、會重嗎？」
「妳顧慮太多了啦。」
「其實我的體重比之前稍微增加了一些……」
明明伏見大可不必老實告知這種事情。
真是個一板一眼的小丫頭。
伏見聽我輕笑出聲後，手忙腳亂地搖晃我的肩膀驚呼說：「咦，什麼？你怎麼了？」
「安啦，我完全感受不出來。」
「那就好……那你是在笑什麼？」
「就只是覺得妳不必把體重增加的事情告訴我。」
「因為先被你問說我是不是變重了，我反而會打擊更大……」
伏見如此小聲解釋。
「既然如此，我是不是該問妳一下？」

「不行，難道你沒聽說過做人要體貼嗎？」

那妳是想要我怎麼做？

「所以關於體重這件事，我什麼都別說，什麼都別想，什麼差別都沒察覺就好了嗎？」

「沒錯，這樣就好。」

「話說回來，妳有想過自己為何會變胖嗎？」

「難道你沒聽說過做人要體貼嗎？」

「逗妳的啦，我只是在開玩笑。」

「因為我吃了很多零食和飲料。」

「居然老實回答了。」

能聽見伏見發出如鈴音般的笑聲。

我也跟著笑出聲來。

我故意挑選人煙稀少的小路，不過接下來還得尋找走失的小桃，因此我盡可能加快腳步朝著伏見家前進。

「妳有替換的木屐嗎？」

「嗯～雖然沒有，可是我想改穿涼鞋也沒問題。」

是嗎？假如被時尚糾察隊逮捕的話，我也愛莫能助喔。

© Fly

伏見為了避免從我的背上摔下去，好好摟住我的脖子。

順帶一提，明明她緊貼在我的背上，卻沒有傳來一絲胸部的觸感。

想想之前一起去游泳池玩時，她的身材確實令人不予置評……

因為我走得比較急，導致伏見漸漸往下滑，於是我將她重新背好。

由於上述動作，我似乎不慎觸摸到不該摸的部位。

「喵!?」

哪來的貓？

「小諒，你居然偷摸我的屁股！」

「我才沒有咧。」

原來她方才的反應是這個意思。

但我只感受到浴衣布料的觸感而已。

「倘若我是故意亂摸，早就趁此機會毛手毛腳了。」

「……也是啦。」

幸好誤會有順利解開。

一段時間後，在路燈微弱的照明之下，已能看見位於前方的伏見家。

在大門前放下伏見後，我便轉身準備離去。

「我也會趕快過去幫忙的！」

「嗯。」

「謝謝你喔，小諒。」

「這沒什麼啦，畢竟少了妳才更令人傷腦筋。」

我原本正準備邁出步伐，卻隱約覺得伏見還有話想說，於是我轉身看向她並稍微等了一下，只見她終於把話從嘴裡擠出來說：

「就算被小諒你吃了一次豆腐，我也完全不介意喔——！就這樣！」

伏見迅速轉身，有如逃命似地跑進屋裡。

「……那個，就說我沒亂摸啊。」

我對著空無一人的大門口如此低語。

由於莫名覺得伏見的體溫仍殘留在背上，為了避免自己胡思亂想，因此我用力甩頭將邪念拋諸腦後。

在我沿著原路趕回會場之際，突然接到鳥越打來的電話。

『高森同學，我們找到小桃了。』

「這真是太好了。」

『謝謝你的幫忙，但她正在嚎啕大哭，吵著想回家，所以我先送家人們去車站。』

鳥越真是個好姊姊呢。

「嗯，我知道了，妳回到會場後再打給我吧。」

『嗯。』

相信鳥越應該已聯絡過其他人，不過我還是發送訊息將剛剛的事情告知伏見跟姬藍。

就在這時，我的手機恰好沒電了。

「啊，糟糕。」

本想說電池還能再撐一下，事實證明是我想得太美好了。

我原先打算回家一趟，結果發現自己已抵達攤販區。

既然如此，我就找出茉菜請她代為通知其他人，偏偏今天完全沒撞見這位小辣妹。

「啊，諒！」

鑽出人群的姬藍在發現我之後，立刻向我招招手。

「幸好有順利找到小桃。相信靜香同學也很擔心她吧。」

「應該是喔，她還說小桃哭得希里嘩啦。」

「可憐的小桃……倘若可行的話，我希望能掃去一切有可能會降臨在她身上的不幸……」

妳當自己是小桃的什麼人啊？

「其實比起弟弟，我更想要有個妹妹。」

不知何時買了一碗刨冰的姬藍，用吸管湯匙舀起一口冰。

「這是草莓口味，可以分你吃一口。」

姬藍以行雲流水的動作把湯匙直接塞進我的嘴巴裡。

「這哪裡叫做分我一口，根本是強迫我吃下吧。」

「被美少女親手餵食，一口一千元都算是很便宜喔？」

「還美少女咧，少往自己臉上貼金。」

「咦，我怎麼記得你有承認過我是個美少女吧。」

我確實是有說過啦。

話說姬藍啊……為啥妳能如此高度評價自己咧？

真不知該說是令人傻眼，還是說這很符合她的作風。

我隨即換個話題，把伏見的狀況以及自己手機沒電的消息告訴她。

「意思是姬奈很快就會來跟我們會合囉。」

「是否很快就不太清楚了。」

想想伏見只是換雙涼鞋，早知道乾脆就等等她了。

……仔細想想我們目前所在的位置，若是從伏見家走過來的話，應該能馬上發現我們才對。

可是我和姬藍會合都過了十分鐘，仍遲遲不見伏見的身影。

「伏見有說她只是換雙涼鞋而已。」

「咦，難道她也想換掉浴衣嗎？」

「並沒有喔，她只說會換涼鞋。」

「真沒品味……」

姬藍像是難以置信地低語著。

「不愧是反時尚大隊長。」

「畢竟伏見她就是這種人，妳到時別針對這點欺負她喔。」

姬藍確認了一下時間，現在已經快要晚上八點了。

「諒。」

姬藍突然比出那個手勢。

我也反射性地回以相同的手勢。

臉上綻放出燦笑的姬藍一把摟住我的手臂，緊貼著我往前走。

「妳要帶我去哪？」

「祕密地點。」

……姬藍的那裡實實在在地緊貼住我的手，而且是整個貼上來。

當然我不清楚以實實在在一詞來形容是否恰當。

大概是浴衣的布料比較薄，來自手臂的觸感比之前更加鮮明。

「妳說的祕密地點是——」

夏日祭典——

煙火——

夜晚——

祕密——

彷彿物體漸漸浮出水面般，一段關於昔日回憶的輪廓與色彩湧上了我的心頭。

◆鳥越靜香◆

我無意間瞄到兩道熟悉的背影。

「……」

我本想出聲呼喚那兩人的名字，但我很快就如同洩了氣的氣球，把即將脫口而出的話語嚥了回去。

在把哽咽哭泣的小桃和媽媽送去車站，等我再次回到會場時，恰好瞥見高森同學與小姬藍走在一起。

他們勾住彼此的手……卻又像是小姬藍單方面摟住高森同學的手——總之兩人呈現這樣的姿勢朝著某處走去。

我提不起介入兩人之間的勇氣，也缺乏姬奈那種阻止餵食動作的行動力。

路人像是想表達別擋路似地撞了我一下，於是我遠離人群，坐在一旁的路緣石上。

「啊～是靜靜～！」

「喂～～～」茉茉高舉著手呼喚我。我也揮手回應後，她領著自己的朋友們走了過來。可能是物以類聚的關係，茉茉的朋友們也是辣妹。

「妳在這裡做什麼～？葛格他們呢？」

「我跟他們走散了。」

……姑且就當作是這樣吧。

「那妳趕快聯絡他們呀，再過不久就要放煙火囉？」

「說得也是。」我尷尬地回答後，茉茉隨即發現情況有異。

「妳怎麼了？碰上什麼令人鬱悶的事情嗎？」

「嗯，出了一些事，可以這麼說。」

我突然感到相當疲倦。

都看見他們如情侶般走在一起卻沒上前阻止，明知這麼做會導致自己落單，我終究沒能強行追上去。

儘管喜歡一個人的程度多寡，無法以客觀的角度來衡量，可是我莫名覺得自己完全比不上姬奈跟小姬藍。

「靜靜別難過喔～來吃點薯條打起精神吧～」

茉茉坐在我的身邊，分我一根以紙杯裝著的炸薯條。吃下那根軟掉的薯條後，其鹹味彷彿在寒冬中喝下味噌湯般為我注入一股暖流。

「那我就在這裡欣賞煙火好了。」

茉茉如此說完後，直接吃下三根薯條將嘴裡塞滿。

雖然朋友們想去其他地方，可是茉茉揮了揮手與對方道別。

「這樣好嗎？」我發問。

「稍微分開一下無所謂啦。」茉茉回答後，嘻嘻嘻地笑出聲來。

◆高森諒◆

感覺與當年的情況有些類似。

有一次鄉里為兒童舉辦的團康活動是參加夏日祭典，當時我與姬藍跟其他人走散了。

姬藍說她知道一個適合找人的地點，於是拉著我強行鑽出人群，就這麼單獨兩人離開攤販區。

「……」

我現在已記不清當年的對話內容，卻記得是來到一個能清楚看見煙火的地方。

印象中，我在那之後就沒再穿過浴衣了。

該處並非供人欣賞煙火的廣場。

在小朋友的認知裡，若想找人就是跑到高處往下看，卻沒料到入夜後周圍竟是一片漆黑，從高處俯視根本沒辦法認出下方的人是誰。

因此我們就在那裡欣賞煙火——

隨著遠離祭典的喧囂，我完全回想起這件往事。

我們來到能登上小山丘的入口處，沿著用木樁組成的簡易階梯往上走。

「穿木屐還滿難走的。」

語畢，姬藍略顯傷腦筋地露出苦笑。

因為她真的走得搖搖晃晃，所以我繼續讓她摟著我的手臂。

爬完階梯能看見其中一條踏青步道，道路途中有供人休息的涼亭與長椅。鏽跡斑斑的鐵製垃圾桶裡則裝著一些垃圾。

還記得當年是挺輕鬆地登上階梯，反觀現在的自己有些氣喘吁吁。

從這裡往下望，無論是煙火會場或攤販的燈火都顯得有些渺小，取而代之能讓人覺得更接近夜空中的繁星。

「伏見她們呢？」

「我有知會過她們了。」

這樣啊，那她們應該很快就會過來了。

姬藍坐在長椅上後，輕輕拍了拍身旁的空位，我便跟著坐了下來。

就在這時，煙火已開始施放了。

砰的一聲於夜空綻放出璀璨的花朵，消失後還能隱約看見隨風而逝的白煙。

我們默默欣賞著接連升空的煙火。

「真虧你還記得那個手勢。」

「是這個吧。」

「嗯。」姬藍點頭回應又一次比出手勢的我。

「老實說我一度忘記了，是在欣賞妳的現場表演影片時才猛然想起這件事。」

「表示你有正確接收到我想傳達的訊息囉。」

「與其說是有接收到……」

姬藍以偶像身分給出的官方解釋是『該手勢沒有任何意義』，可是她仍在現場表演中不斷重複比出這個沒有意義的手勢。

「我不會忘記妳的。」

此手勢是在姬藍轉學前想出來的，因此具有符合當下情況的含意。

「你很棒喔，居然能想起該手勢所隱藏的含意。」

「總覺得妳這句話很不像是在讚美人……」

姬藍放鬆表情說：

「我可以把這件事想成是命中註定嗎？」

「……命中註定？」

什麼意思？

興許是我明確露出一頭霧水的表情，姬藍忍不住噴笑出聲。

「這臺詞還挺老套的呢。」

「嗯？臺詞？」

「我在當偶像歌手時曾多次使用這段臺詞，卻沒能得到多少回響。」

語畢，姬藍回以一個苦笑。或許真的是沒有多少回響，但至少我有感到一陣心動。

「不過這有一半算是我的心底話。其實我根本不知道你是就讀我準備轉進的那所高中。當我們在月臺上重逢，我在看清你的制服時是有心存一絲僥倖，這個心情也能套用在我不斷向你發送的訊息上。」

「命中註定……嗎……」

對於命中註定這四個字，我不由得想起篠原而差點笑出來，真叫人傷腦筋。

看著天上煙火，我們有時不發一語，有時會將想到的話題說出來。諸如攝影、打工地點的松田先生以及共同的朋友等瑣事。

「啊，對了。」

姬藍猛然想起某件事後，一把捏住我的臉頰。

「妳、妳做什麼啦？」

「上次去海邊時，你跟姬奈聊了什麼？」

「海邊？我跟姬奈？」

「就是你們獨處的時候。」

姬藍拉了拉我的臉頰，迫使我往她那邊靠過去。

「因為姬奈回來時很明顯心情大好，所以你們肯定有發生什麼事。」

「是嗎？」

「沒注意到這點的人恐怕就只有你喔。」

姬藍發出一聲嘆息，至此終於鬆開我的臉頰。

「你的遲鈍以及健忘也不是現在才開始的，我就不跟你計較吧。」

「妳憑什麼跟我計較啊？」

「這還用問？就憑我被你傷了好幾次心。誰叫你忘記那麼多關於我的事情……」

姬藍氣得鼓起雙頰，嘟著嘴將臉撇向一旁。

「你還記得我們以前來過這裡嗎？」

「嗯，根據沿途的景物與氛圍，我這才回想起來。」

我把自己記得的部分說出來。

「我們以前曾與其他人走散，最後放棄跟大家會合，直接待在這裡看煙火。」

「嗯嗯。」姬藍催促著我繼續說下去，無奈我已經沒有能用的底牌了。

「我目前想起來的就只有這些……抱歉。」

在我坦率地道歉後，並沒有再次被人捏臉頰或傳來嘆息聲。

取而代之是姬藍脫掉木屐，並將臉頰貼在被雙手懷抱住的大腿上。

「當時的我……有反過來向你求婚喔。」

「……向我求婚？」

「沒錯，而且是直接對你說『請讓我嫁給你』這句話。」

經姬藍這麼一提，感覺好像真的有過這段對話……

「明明對我來說是彷彿昨天才發生般歷歷在目，你這個男人還真是……」

「抱歉，我真的是百口莫辯。」

眼下就只能誠心誠意向姬藍道歉了。

嗯？我怎麼好像也與伏見有過相同的約定？

「你當時還答應我了喔。」

姬藍含蓄地捏住我袖子的一小角。

「就算歷經多年，在發生過如此重大事件的地點宛若當年那樣一同欣賞煙火……我好歹也是個正值青春期的少女，總會或多或少覺得這是命中註定。」

姬藍的臉龐被煙火的光芒點綴上繽紛奪目的彩妝，那雙倒映出紅、藍、白、綠等色彩的眼眸美得令人驚豔。

姬藍的臉頰染上一抹微暈，輕輕牽住我的手。

當我望向她時，她彷彿想躲開我的視線般仰望天上煙火。

砰！砰！砰砰……！

在煙火告一段落之際，姬藍緊握住我的手。

「我願意賦予你吻我的權利，要是我登臺表演成功的話請好好把握。」

「咦、什麼？」

「假如你想行使權利也可以喔。」

意思是選擇權在我手上嗎？

當我不知該如何回應陷入思緒時，姬藍變得更加面紅耳赤。

「還……還是當我沒說吧……忘記我剛剛說的話。」

「咦？」

「總、總而言之！」

© Fly

姬藍明顯想轉移話題，扯開嗓門說：

「我的意思是我現在非常努力，你可要記得聲援我喔。」

姬藍滔滔不絕地飛快把話說完，並用一隻手遮著臉不讓我看她。

煙火停歇後，眼中仍留有煙火的殘像，天上還能看見餘下的白煙。

我本以為煙火大會已經結束，不過拿起傳單一看，原來有安排十五分鐘的中場休息，而現在恰好正值這段時間。

「伏見應該已經過來了，我們回到會場去吧。」

「好的。」

姬藍不經意地再次牽住我的手，讓人不禁覺得重新回到我們都還小的時候。

「因為難保你會走丟，麻煩你牽好我的手喔。」

「為啥是我會走丟啊？」

姬藍狀似期待我這麼吐槽她，隨即發出悅耳的輕笑聲。

「下次有機會再一起來看煙火吧。」

「明明煙火就還沒放完。」

「說得也是。」姬藍以歡愉的語氣回答。

話雖如此，想想已經看了滿多種煙火，導致我有種看膩了的感覺。

我們沿著原路往回走，在途中發現伏見的身影。

除此之外，有兩名陌生成年男性正在跟她說話。

「諒，那、那該不會是搭訕吧……」

「是、是嗎？」

「這點程度我還看得出來，姬奈目前露出一副與人說客套話的樣子。」

我不由得想起校外旅行時發生的狀況。

伏見推辭不了陌生男子的搭訕，最後居然還跟著對方走了。

「那些人該不會是想施放有別於升上天去的煙火吧。」

「妳別像個中年大叔那樣開黃腔啦。」

我曾聽那些很受女性歡迎的男生說過，確實有時會在戶外做出那種事情。比方說神社周邊的死角或河邊草叢等等。

我用力深吸一口氣，昂首闊步地走上前去，開口向伏見搭話。

「伏、伏見，讓妳妳等了。」

我一整個吃螺絲了。

「啊，小諒，你剛剛到哪去了？」

伏見的反應意外地與平常沒有太多分別，既沒有顯得很傷腦筋，也沒有露出畏懼的神色。

「啊，小伏見，這位是妳的男朋友嗎？」

戴副眼鏡、打扮時髦、年約四十歲的男子像是想捉弄人地說完後，滿臉通紅的伏見反射性地縮起身子。

「算……算是吧。」

算是嗎？青梅竹馬算是男朋友嗎？

「高城先生，如果這兩人正值曖昧期，被你這麼一鬧難保會出狀況喔。」

另一位有些發福的男子從旁開口緩頰。

「啊～是我失言了。當人成了大叔之後，遇見感情要好的男女就會立刻想過問一下。」

「不好意思喔。」名為高城的時髦大叔簡短地向我跟伏見道歉。

既然他知道伏見的名字，表示彼此互相認識囉。

正想說姬藍跑哪去了，這才發現她待在有點距離的地方默默關注我們。

「小諒，這位有些福相的先生是在藝能學校擔任講師的橋本先生。」

看來另一位先生名叫橋本。

「兩位好……」我與兩人簡短地打了招呼。

「抱歉喔，打擾到妳和男朋友快樂的煙火大會。」

「……就、就只是算是而已啦。」

既不否認也沒承認的伏見再次雙頰泛紅，羞澀地縮起身子。

話說當初見到松田先生時，他也曾問過我與姬藍的關係。看來我也得好好自我介紹不可。

「敝姓高森，我與其說是伏見的男朋友，嚴格說來是她的青梅竹馬。」

原本顯得相當害羞、扭扭捏捏的伏見，在聽我說完後臉色一沉。

接著露出一雙如玻璃彈珠般的空洞眼神望向我。

在我暫時無法進入狀況之際，擔任講師的橋本先生解釋說：

「其實是我想介紹高城先生給伏見同學認識，所以稍微耽擱她一下。原本是沒必要趕在今天見面，不過聽高城先生說他剛好也來到這裡。」

「青梅竹馬小弟也順便拿一張吧。」高城先生將自己的名片遞給我。

「謝謝。」

上頭寫著高城總一郎這個名字，職務是 Cast Stadium Office 的董事長。

「因為你露出一雙遇見可疑大叔的眼神。」

……被看穿了。

「高城先生是橋本先生方才介紹給我認識的，聽說他的公司有在培育模特兒、臨時演員以及藝人等等。」

伏見似乎看出我對 Cast Stadium Office 這間公司存有疑慮，於是代為說明。

所以是經紀公司囉？

經伏見這麼一提，高城先生散發出來的氣質與松田先生頗為相似。該怎麼說呢？算是有別於常人吧。

大概是兩人沒打算在這裡聊起太深入的話題，或是已經講完想說的事情，便表示想去攤販區買罐裝啤酒來喝，沒多久就離開了。

姬藍至此才走了過來，並且宛如想確認似地朝著兩人離去的方向又看一眼。

依照她的反應，感覺是走到一半認出對方的身分才躲了起來。

「啊~小藍妳是跑哪去了？明明我有發送訊息卻得不到回應。小諒你也是。」

「抱歉，因為我切換成震動模式，所以完全沒注意到。」

咦，姬藍不是說過有代為聯絡其他人嗎？

而且有清楚告知我們的所在位置吧？

「我的手機剛好沒電了，抱歉。」

「真受不了你們耶~」

伏見氣噗噗地抱怨著。

接著伏見說有收到茉菜的聯絡，內容提到她跟鳥越待在一起，並註明兩人的所在位置，我們便立刻前去和她們會合。

於是此行的原班人馬再加上茉菜，總共五人一起坐在路緣石上欣賞煙火大會下半場的表演。

⑪ 專屬於兩人的後夜祭

煙火大會結束後，茉菜表示她接下來要跟暫時分頭行動的朋友們一起去唱卡拉OK，就此與我們分道揚鑣。

我們則是陪鳥越來到車站。

「謝謝你們今天陪我尋找走失的胡桃，真的是幫了大忙。」

「這點小事用不著道謝，完全不必放在心上喔，小靜。」

「就是說啊，只要小桃安然無恙地被找回來，光是這樣就足夠了。」

「而且我們到頭來也沒幫上什麼忙。」

鳥越搖搖頭說：

「這與結果無關，我想感謝的是你們當時都肯來幫忙找人的那份好意。」

她顯得相當害臊地小聲道謝。

在前往車站的這一路上，我們向鳥越詢問小桃是如何走丟並找回來的。

根據解釋，因為小桃太專注在看金魚，結果跟伯母走散了。在她落單之際，幸好被親切的一家人收留，並將她送往服務站。

而小桃之所以會嚎啕大哭，是因為抵達服務站之後，被現場那群喝醉酒的陌生大叔給嚇哭了。

恐怕服務站有打電話給我，無奈我的手機恰好沒電，自然是聯絡不上。

「媽媽也吩咐我記得代為向你們道謝。」

電車在此時駛進月臺，我們揮手與搭上車的鳥越道別，目送電車逐漸遠去。

由於現場氣氛很明顯是宣布散會，當我們來到得跟姬藍道別的岔路時——

「算了，想想今天已經很令人滿意了。」

姬藍露出一個心滿意足的笑容，就此踏上歸途離開了。

「這句話是什麼意思？」

「啊哉。」

我與伏見對視一眼，並納悶地歪過頭去。

城鎮裡仍瀰漫著祭典過後的餘韻，伏見忽然朝著並非回家的方向前進，我便不發一語地跟了上去。

伏見似乎沒打算要去哪裡，於是我們來到末班公車早已駛離的公車站裡，一起坐在該處的長椅上。

「今天的祭典玩得真開心。不光是小藍，小靜也有一起來。」

「偶爾像這樣一起出來玩也挺不錯的。」

「對呀。」

伏見脫下木屐，雙腳懸空地前後甩著。

「對了，原來妳有備用的木屐啊。」

「不是的，這是小茉菜借我的。」

「茉菜借妳的？」

「嗯，我改穿涼鞋出門之後，就被她逮個正著。」

「啊～……意思是時尚糾察隊緊急出動囉。」

「沒錯，小茉菜說她有另一雙木屐，叫我改穿那雙。」

怪不得伏見花了那麼多時間才過來。

『反正不會有人注意我是穿什麼鞋啦～』很可能是伏見不經大腦的這句話，誤觸時尚糾察隊的逆鱗也說不定。

於是她被押送至高森家，從不適合跟浴衣搭配的涼鞋換成木屐，這才得以返回會場。

「當我跟小茉菜一起抵達祭典會場之後，當下有好多朋友都在那裡等她，而且每一位都是辣妹，嚇死我了。」

「想想我還沒見過茉菜的朋友耶。」

「誰叫小諒你喜歡辣妹類型的女生。」

「我那只是隨口說說啊……」

「肯定是小茉菜不希望最喜歡的葛格被朋友搶走。」

伏見像是想揶揄人似地發出笑聲。

「在我完全聯絡不上小諒你，而且還開始放煙火，當我不知如何是好之際，恰好撞見橋本先生。」

意思是伏見直到遇見我之前，都一直在跟那兩人交談。

「所以妳要加入那個人……高城先生的經紀公司嗎？」

「哪有人剛見面就聊到那裡，純粹是身為講師的橋本先生基於好意，才把我介紹給高城先生認識。」

「這樣啊。既然如此，希望妳到時候會有好消息。」

「嗯……就是說啊。」

伏見的語氣沒有特別開心。

由此可見，這方面的話題對伏見而言就是那麼敏感。

「不過高城先生似乎有來欣賞過我在黃金週登臺演出的舞臺劇。」

語畢，伏見又開始前後擺動雙腿。

「咦，是專程來看妳的表演嗎？」

「完全沒有那回事啦，啊哈哈。」
在我的眼中，這只是裝作很有精神的假笑。
「他好像根本不記得我，看來我沒能給他留下印象。」
伏見當時飾演的角色還頗有戲分的。
「也許是妳在臺上跟平常給人的感覺很不一樣吧？更何況他也只看過一次而已。」
「如果真是這樣就好了。」
伏見最近只要稍微碰上些許挫折，就會立刻進入消極模式。
我是很想幫她打起精神，卻又不知該怎麼做才好。
「我請妳喝飲料吧？」
「咦，為什麼？」
「因為這算是點心吧？」
「咦、咦？什麼什麼？你是怎麼了？」
我的舉動似乎令她大感困惑。
「畢竟妳顯得有些沮喪，想說讓妳吃點東西應該會打起精神。」
伏見先是意外地睜大雙眼，接著忽然笑出聲來。
「這沒什麼好笑的吧。」
「抱歉，誰叫你的思維跟小學生沒兩樣。呵呵。」

「不好意思啊，關於鼓勵人的方法，我只知道吃點心跟喝飲料。」

「謝謝你的好意。那就買些點心與飲料來我家吃吧？」

「妳家嗎？是可以啦，但現在已經有點晚囉。」

「還好啦。」

語畢，我們便離開公車站。

途中先繞去超商買了些飲料和零食。

當我們抵達伏見家後，她說了聲「請進」邀請我進家門。

我平常都只送她到家門口，已經很久沒像這樣進入屋內，不過內部裝潢與我的印象差異不大。

「打擾了～」我打完招呼後卻沒有得到回應。

「奶奶她應該已經睡了。至於爸爸因為祭典的關係，應該會滿晚才回來。」

根據伏見的解釋，伯父好像是擔任執行委員。

意思是他們接下來會去開趴慶祝吧。

「你已經很久沒來我房間了吧。」

「畢竟我有很長一段時間都沒來過妳家。」

我們邊聊邊走上樓梯，伏見隨手推開臥室的門。

「請進，我這就去開冷氣——嗚喵啊!?」

伏見發出怪叫聲後，迅速撲向放在床邊地上那堆已經摺好的衣物。

「怎麼了？」

「什、什麼事都沒有。」

伏見將那疊衣物緊抱在懷裡，背對著我以橫移的方式走向衣櫥並打開。

此時從她懷裡露出一條明顯是胸罩的肩帶，接著又有一條內褲落在地上。

我迅速把臉撇開，並將準備踏入房間的那隻腳收回來。

「啊！掉出來了!?小……小諒好像沒看見。安、安全過關……」

妳的自言自語很大聲喔。

「這樣就好。嗯，快請進吧。」

繼鳥越的臥室之後，我這次是來到伏見的臥室裡，相信去年的我萬萬沒料到會出現這種情況吧。

伏見拿了個坐墊給我，我自然是毫不客氣借來一用。

起先我並沒有自覺，至此才注意到自己身上的汗臭味。

「早知道先回家沖個澡再過來了。」

「若是需要的話，我這裡有爽身溼巾。」

就先用這個湊合一下吧。

畢竟回家以後再過來有點麻煩，而且一來一回又出汗的話也等於白洗了。

我收下伏見遞來的幾張爽身溼巾開始擦拭身體。

「需要我幫你擦背嗎？」

「沒關係，背部就不必了。」

「這點小事也沒什麼好害羞的吧。」

雖說我的身材並不值得秀給別人看，但只是背部的話好像也無妨。

而且抵死不從又好像挺娘娘腔的，令我內心有點不是滋味。

「……那就拜託妳囉。」

我稍稍解開腰帶褪去上衣，打著赤膊背對伏見。

「……之前你背我的時候我就有這種感覺，你的背好寬敞喔。」

「妳別一直盯著瞧啦。」

此時，伏見用指頭摸了摸我的背。

「猜猜我寫了什麼字～？」

「這也太難猜了吧。」

「其實我寫下了自己現在的心情，不過你應該想不出來吧～」

「妳少在那邊胡鬧了，快幫我擦背啦。」

「唉～小諒你真不會配合人呢。」

伏見輕笑一聲後，背部傳來溼巾的冰涼觸感。

「小諒，舒服嗎？」

「我只覺得頗害臊的。」

確實是挺舒服的，但還是害臊的感覺更為強烈。

在我受到微妙的情緒所惑之際，伏見突然探頭窺視我的臉。

「呵呵呵，小諒你在害羞對吧。」

「並沒有那回事。」

「妳很吵耶。」我輕輕將眼前那張竊笑的臉龐推開。

擦乾身體正面與背面的感覺完全無法相提並論。

給人一種涼風包覆住全身的沁涼感。

我重新穿好浴衣後，伏見隨即站起身來。

「那我去沖個澡。」

「啊，嗯……」

男女兩人在臥室裡獨處，聽見這種臺詞哪有可能不胡思亂想。

「之後我有事情想拜託你，你願意聽我說嗎？」

「這得視內容而定。」

「嗯，那我趕快洗好出來。」

伏見走至衣櫃前，先是瞄了我一眼，接著把拿出來的東西抱在懷裡——相信應該是內衣褲吧——然後又背對著我以橫移的方式走向房門。

就在這時，一件白色衣物落於地面。

「呀!?」

伏見以迅雷不及掩耳的動作拾起衣物，就這麼面紅耳赤不發一語地奔出房間。

……按照她的反應……落下的那個很可能是內褲。

「話說回來，她如此慎重想拜託我的事情到底是什麼?」

依現場狀況來看，我只能想到色色的事情。

可是我非常清楚，伏見並不是會提出那類要求的人。

至於之前在終點站所做下的約定，感覺也沒必要這樣改口再說一次。當然也可能是我自己這麼認為，說不定對伏見而言是第一要務。

一直待在原地頗令人坐立難安，為了轉移注意力，我來到放滿書本和DVD的收納櫃前，粗略看過每部作品的標題。

裡頭的DVD還真多耶。不光是近期推出的，還有各種年代久遠的經典作品。這丫頭還真愛這類東西。

由於沒看見特別吸引我的作品，因此我反射性地將目光飄向其他地方。

伏見跟我不一樣，將書桌的桌面收拾得整整齊齊。

因為這是她從小學一直使用到現在的書桌，所以對我來說並不陌生。

就如同過去那樣桌面上鋪有一塊保護用的軟墊，軟墊下則夾著一張暑假作業清單，完成的作業就會用橫線劃掉……話說她早已把作業都寫完了。

對了，記得以前這裡有擺一張相片──

「……咦？相片呢？」

大概是收進相簿裡了吧。

那是一歲左右的伏見與父母以及祖父母合拍的全家福。

我還有印象就讀小學的自己在看見那張照片時，覺得裡面那位女性就是伏見的母親。

儘管我從沒見過伯母，不過相片裡的她當真非常漂亮。

由於伏見不曾聊起自己的母親，我也記得小時候的自己認為這或許是不該提及的話題。畢竟伯母可能跟我老爸一樣已經過世，於是我盡可能裝作不在意這件事。

我在唸幼稚園時都是老媽來接我，伏見則是伯父或奶奶來接她。換言之，伯母恐怕從當時就已經不在了。

桌面的書架上放滿了教科書、資料集還有筆記本。

很明顯有供人易於尋找而分門別類擺放。

此時，我在其中發現一本老舊的筆記本。

我取出並翻開來，隨即傳來一股老舊書籍特有的塵埃味。這似乎不是上課用的筆記本，而是類似日記那樣在日期底下寫著幾行字。

根據日期，這是在我出生前就寫下的內容。

我稍微閱讀幾頁，第一人稱是使用「WATASI（我）」，字跡也像是出自女性之手。換言之，這大概是伯母的日記。

裡頭不時能看見「心良」這個名字。

其讀音為「SINRA」——

在我小學當時，老媽覺得這是些簡單的漢字便教我唸過。

……這名字算是比較罕見，所以不太有人會取相同的名字。

日記裡有幾處提到「小良」這個暱稱。另外內容還提及「心良」的出生地，按照我聽來的印象，此人與老爸是同鄉。

各種想像閃過我的腦中，迫使我停下翻頁的那隻手。

想想這是別人的日記。

在未經允許的情況下，還是別擅自拿來亂看比較好。

我闔起日記，把它放回原本的位置。

「讓、讓你久等了。」

沒過多久，伏見就回到房間裡。

「喔、妳挺快的——呃，妳怎會把浴衣穿成這樣。」

我馬上將目光撇開，並指出問題點。

「因為之前是奶奶幫我穿的，偏偏她已經睡了——我又不能讓小諒你等太久——」

看來伏見也是在百般煎熬之下才做出選擇。

雖說她有把內衣褲遮好，問題是這副模樣仍頗為暴露，害我不知該看哪裡才好。

幸好毛巾被就放在一旁，我馬上拋給伏見讓她裹住身體。

至此我才終於鬆了一口氣。

這麼一來就可以正常交談了。

「那麼，妳想拜託我什麼事？」

「啊～嗯……那個……」

伏見欲言又止地扭扭捏捏一陣子之後，終於下定決心開口說：

「畢竟正值夏天，果然不能少了這個……」

她從收納櫃裡取出一片ＤＶＤ。

……那是一部驚悚電影。

「所以陪我一起看！」

「儘管早就料到妳不會提出那方面的請求，原來是要我陪妳看電影啊。」

「那方面？」

面對一臉不解歪過頭去的伏見，我只是搖頭以對。

「我自己一個人看有可能會怕到看不下去，但只要有小諒你陪我，我相信自己就能夠看到最後。」

老實說，我並沒有喜歡看驚悚片啦……

可是都已受人所託，害我不好意思狠心拒絕。

即便在這種接近午夜時分看驚悚片是頗需要勇氣的，偏偏眼下由不得我拒絕。

「好、好吧，來看吧。」

「好耶。」

伏見的房間裡沒有電視，正當我想說該如何是好時，原來她早就跟伯父借好筆電，並且搬來這裡了。

……我說伏見小姐啊，妳也準備得太周到了吧。

伏見搬出矮桌，並讓置於桌上的筆電讀取光碟。

然後她迅速拿起一顆抱枕，做好隨時能擋住畫面的準備。

「當我害怕的時候就會遮住視線，等到沒事時記得提醒我喔。」

「這樣的話就不必看了吧。」

我認為看驚悚片就是讓人享受那種可怕的感覺。

算了，就當作享受觀影的方式會因人而異吧。

螢幕跳出電影選單時，恰好是擷取本作其中一幕驚悚的場景，被嚇得全身一抖的伏見當場僵住。

「我可能已經不行了。」

「咦，妳也太快放棄了吧。」

我們之間原本還有些許空隙，不過伏見此刻已整個人貼到我身上，幾乎是一把摟住我的手臂緊抓不放。

「多虧小諒的體溫，這樣或許能讓我稍微安心。」

「到時也有可能會突然冷得像是抓住冰棒一樣。」

「不許嚇人啦！」

既然妳這麼怕，何必要看驚悚片嘛。

「那我開始播放囉，OK？」

「……唔、嗯。」

目光對準螢幕的伏見用力瞇起雙眼，徹底做好應付驚悚畫面的對策。

開始播放電影後，故事就在詭譎的氣氛中展開。由於裡頭有許多我拍攝時不曾用過的演出方式跟攝影角度等等，製作手法上與我截然不同，因此包含這部分在內，此作品確實很有意思。

這段期間，伏見接連發出「呀！」、「不要～……」、「喵啊!?」、「討厭啦～……」諸如此類的驚呼聲，更加使勁地摟住我的手。

老實說我也看得挺害怕的。像那種明顯有東西在逼近，然後當真跳出來的橋段就很讓人害怕，另外還有冷不防衝出來嚇人的橋段，片中運用了各種手法來嚇唬觀眾。

伏見大概是因為身上有披著毛巾被就疏於防備，她將自己衣衫不整的事情徹底拋諸腦後，讓我隱約能看見她的白色胸罩……

這部電影是很嚇人，偏偏一旁又是這種畫面，是要我抱持怎樣的情緒來面對啊。

「對對對、對不起，我已經不行了。」

其實我也一樣在許多方面都快不行了。

因為伏見不知何時已是一副泫然欲泣的模樣，所以我伸手按下暫停鍵。

「既然妳那麼怕就別看嘛。」

「嗯……是沒錯啦，但我想看是有原因的。」

我取出光碟，並把筆電收起來，然後為了解嘴饞而把買來的零食打開，就這麼慢慢吃著。

「其實這是我媽媽的DVD。雖然我也有買一些，不過這裡有八成都是媽媽的。」

「喔～」

既然那本日記在這裡，表示伏見也知道她母親與我老爸有著怎樣的關係吧。

礙於偷看日記的愧疚感，我沒能針對此事追問下去。

「其實我完全不知道媽媽是個什麼樣的人，但我想說或許能透過媽媽對電影的喜好來了解她，所以才把這些ＤＶＤ拿來看。」

「原來如此，剛剛那部驚悚片就是其中之一囉。」

「就是這樣。」

伏見對自己的母親產生好奇是人之常情。

像老爸在我還小的時候就已經過世，我也同樣對他的為人挺感興趣。

「爸爸在我小時候說媽媽已經不在了，不過我後來得知他們只是離婚而已。想想要對幼童解釋這種事還頗困難的。而此事對奶奶來說似乎是一段不好的回憶，導致我無法打聽多少關於媽媽的事情。」

差不多在伏見升上高中時，她才從父親口中得知母親的消息，並提到倉庫內有幾箱母親的個人物品，結果從中找到電影的ＤＶＤ跟錄影帶。

……恐怕那本日記就是從其中一箱翻出來的。

在這之後，我們邊吃零食邊聊我個人想拍的微電影。

「想想小諒你拍的每部電影都是由我主演呢。」

伏見開心地如此說著。

後來我們比起聊天反倒更容易陷入沉默，外加上能看出彼此都想睡覺了，於是我便離開伏見家。

⑫ 片尾名單

我從伏見家返回自己的家中。

結果發現我家大門沒鎖，進屋後能看見客廳還開著燈。

我看了看外出鞋，應該是老媽剛下班回家沒多久。

於是我探頭看向客廳，發現老媽正在欣賞預錄的電視劇，並且拿茉菜做的午餐剩菜來配啤酒喝。

「我們家居然養出一個不良少年，你這麼晚是跑哪去了？」

「稍微晚點回來又沒關係。」

「只因為有祭典就玩瘋了～難不成還跑去放了有別於天上的煙火吧～？」

「別像個大叔一樣在那邊開黃腔啦。」

想想姬藍也開過類似的黃腔。

我決定跟老媽小聊一下，於是打開冰箱倒了杯麥茶，邊喝邊問說「老媽妳今天不是值夜班嗎？」，隨即換來「夜班有分成兩種喔～」的答案。

此時，我腦中突然閃過那本日記的內容。

「……老爸他的老家在哪裡？」

「你怎麼突然問起這個？不管是盂蘭盆節或春節，我們都去過爺爺家那麼多次了。」

……也對，嗯，表示老家的確就在那裡。

換言之，該日記裡提到的心良就是老爸。

「我今天和伏見她們一起去參觀祭典。」

「所以你是跟小姬奈一起看煙火囉？」

「不光只有伏見就是了。」

「咻~不愧是年輕人~」

「囉嗦，這種反應就不需要了。」

明明她都已經老大不小了，為啥還用這種跟高中生沒兩樣的方式來調侃我。

我無奈地發出一聲嘆息。

「妳對伏見的母親了解多少？我好像從未見過她。」

「啊~你說聰美小姐嗎？其實我也沒了解多少，只記得她很漂亮，經常忙於工作或其他事情，最終拋下家庭跟小姬奈就這麼離開了。」

畢竟伏見說過她奶奶對這件事有著不好的回憶，自然不會給外人留下什麼好印象。

「我不清楚外界是如何看待聰美小姐，不過至少附近鄰居對她的觀感並沒有很好。」

「外界？」

「沒錯，外界。」

「我們家跟伏見家打從一開始就關係很好嗎？」

「算是吧，畢竟你爸跟聰美小姐似乎曾經是青梅竹馬，再加上你們正好同齡，若以現代用語來形容的話，我與聰美小姐就是同為人母的好閨密。」

「曾經是青梅竹馬？」

「類似你與小姬奈那樣是青梅竹馬。」

老爸跟伏見的母親嗎——？

怪不得明明不是鄰居，我們兩家卻這麼要好。

「他們兩人很要好嗎？」

「啊哉，我沒了解得那麼詳細。」

老媽此刻的語氣相當冷淡，完全無法與她先前那種跟我開玩笑的態度聯想在一塊。

「這齣劇真無聊。」老媽將剩下的啤酒一飲而盡，小聲地如此抱怨。

聽老媽這麼一提，反倒勾起我的好奇心，於是我心不在焉地把剩下幾分鐘的劇情看完。

當畫面下方開始播放片尾名單時，依然能看見演員們繼續在鏡頭前演戲。

而演員名單裡出現了蘆原聰美這個名字。

聰美……？

在我目不轉睛注視著電視之際，老媽指著螢幕說：

「這個人就是小姬奈的母親——蘆原聰美。」

後記

大家好，我是謙之字。

在此小聊一下我的近況，那就是我搬新家了。

當本書發行上市時，新家的整理應該已告一個段落才對。

我是在七月寫下這篇後記，此時此刻的我正毫不手軟地把不要的衣服或雜物通通扔掉。

我在目前的租屋處只住了一年半，而這裡沒辦法安裝有線網路。儘管信箱經常收到「到府安裝○○光纖網路！」這類傳單，但其實我在剛搬來時就已找過多家電信公司，他們用盡各種方法都無法將網路纜線接到我家，即便是獨立牽線至我房間也不行。總之～真的很讓人受不了。

對於一名成天開著 YouTube 播放到死的阿宅來說，這種生活當真令人壓力山大。

迫於無奈，我以隨身 Wi-Fi 取代有線網路來使用，後來就漸漸習慣了。只要將 YouTube 等影音分享網站的畫質調低，出乎意料還用得挺順的。

畫質和音質方面是習慣後就無傷大雅，可是ＦＰＳ之類的遊戲就完全無法上網對戰。

一想到住進新家後就可以盡情欣賞最高畫質的網路影片，我就興奮得無以復加。希望到時不會碰上難搞的鄰居……（我沒在開玩笑）。

誠如各位所見，《S級青梅竹馬》已來到第五集。在連載三集就算是成功的這個世道裡，本系列能達到此集數當真令人高興。對於負責插畫的 Fly 老師、責編以及參與本書製作的每一個人，我心中只有無盡的感激。

當然這一切都歸功於出錢購買本作的所有讀者們。

雖然不知本系列作能連載到何時，不過我仍會盡心盡力撰寫下一集的內容。懇請大家能繼續支持本作。

那就先告辭了。

謙之字

救了遇到痴漢的

S級美少女才發現是

鄰座的青梅竹馬

救了遇到痴漢的
S級美少女才發現是
鄰座的青梅竹馬

浮文字

救了遇到痴漢的S級美少女才發現是鄰座的青梅竹馬5

（原名：痴漢されそうになっているS級美少女を助けたら隣の席の幼馴染だった5）

著　者／謙之字　插　圖／Fly　譯　者／御門幻流

執　行　長／陳君平　美術總監／沙雲佩　國際版權／黃令歡、梁名儀

榮譽發行人／黃鎮隆　美術編輯／方品舒　文字校對／施亞蒨

協　理／洪琇菁　執行編輯／曾鈺淳　內文排版／謝青秀

總　編　輯／呂尚燁

出　版／城邦文化事業股份有限公司　尖端出版
台北市中山區民生東路二段一四一號十樓
電話：（〇二）二五〇〇－七六〇〇
傳真：（〇二）二五〇〇－二六八三
E-mail: 7novels@mail2.spp.com.tw

發　行／英屬蓋曼群島商家庭傳媒股份有限公司城邦分公司　尖端出版
台北市中山區民生東路二段一四一號十樓
電話：（〇二）二五〇〇－七六〇〇（代表號）
傳真：（〇二）二五〇〇－一九七九

中彰投以北經銷／楨彥有限公司（含宜花東）
電話：（〇二）八九一九－三三六九
傳真：（〇二）八九一四－五五二四

雲嘉經銷／智豐圖書有限公司　嘉義公司
電話：（〇五）二三三－三八五二
傳真：（〇五）二三三－三八六三

南部經銷／智豐圖書有限公司　高雄公司
電話：（〇七）三七三－〇〇七九
傳真：（〇七）三七三－〇〇八七

香港經銷／一代匯集
香港九龍旺角塘尾道六十四號龍駒企業大廈十樓B&D室
電話：（八五二）二七八三－八一〇二
傳真：（八五二）二七八二－一五二九

新馬經銷／城邦（馬新）出版集團 Cite（M）Sdn. Bhd.
E-mail: cite@cite.com.my

法律顧問／王子文律師　元禾法律事務所
台北市羅斯福路三段三十七號十五樓

二〇二三年二月一版一刷

郵購注意事項：
1.填妥劃撥單資料：帳號：50003021戶名：英屬蓋曼群島商家庭傳媒(股)公司城邦分公司。2.通信欄內註明訂購書名與冊數。3.劃撥金額低於500元，請加附掛號郵資50元。如劃撥日起 10～14日，仍未收到書時，請洽劃撥組。劃撥專線TEL：(03)312-4212 ・ FAX：(03)322-4621。E-mail：marketing@spp.com.tw

國家圖書館出版品預行編目資料

救了遇到痴漢的 S 級美少女才發現是鄰座的青梅竹馬 / 謙之字作；御門幻流譯. -- 1 版. -- [臺北市]：城邦文化事業股份有限公司尖端出版：英屬蓋曼群島商家庭傳媒股份有限公司城邦分公司發行，2023.2-
冊；　公分
譯自：**痴漢されそうになっているS級美少女を助けたら隣の席の幼馴染だった**
ISBN 978-626-338-806-2（第 5 冊：平裝）

861.57　　111017223